蔬食记忆

金实秋 编

CTS 湖南文艺出版社

图书在版编目（CIP）数据

蔬食记忆 / 金实秋编 . -- 长沙 : 湖南文艺出版社 ,2021.1
（生活美学馆）(2023.7重印)
ISBN 978-7-5404-9637-1

Ⅰ . ①蔬… Ⅱ . ①金… Ⅲ . ①散文集 - 中国 - 当代Ⅳ . ① I267

中国版本图书馆 CIP 数据核字 (2020) 第 067747 号

蔬食记忆

SHUSHIJIYI

金实秋 编

出 版 人 陈新文
责任编辑 刘茁松
封面设计 天行健
内文设计 汪　勇
开本 787mm × 1092mm 1/32
字数 130 千
印张 8.5
印数 3000
版次 2021 年 1 月第 1 版
印次 2023 年 7 月第 2 次印刷
印刷 山东蓝彩天下教育科技有限公司
书号 ISBN 978-7-5404-9637-1
定价 45.00 元

汪曾祺赠金实秋联:“大道唯实,小园有秋。”

目录

卷一 感恩萝卜

卷二　感谢瓜蔬

卷一　感恩萝卜

宠爱秋冬萝卜

孔明珠

随着年纪的增长，对于萝卜的喜欢愈来愈甚。回想小时候除了路边摊的萝卜丝油墩子以外，我痛恨吃萝卜，因为阿姨烧的萝卜红烧肉水汤汤的，凉拌的萝卜丝有股生辣味，至于萝卜块煮汤，常常是半生不熟，萝卜芯很硬。现在想来，因为自己当年不懂烹调就断定萝卜不好吃，萝卜哇你可真冤。

发现萝卜是那么好吃是在日本，当时我在一家居酒屋打工。老板天天做一锅日本著名的关东煮，里面的主料就是白萝卜（日语称为大根，其实那是中国古代对萝卜的叫法）。关东煮像杂烩，其中包括很多鱼制品和豆制品。看着老板认真切萝卜，不仅去皮，还用小刀将它的边修圆，萝卜焯水，依次放入材料，慢慢炖，香味是那种温暖的乡土味。趁热吃， 我发现，关东煮中厚厚一片片的白萝卜被煮到晶莹剔透，咬开来，酥而不烂，萝卜里充满了各种鲜味，比任何东西都好吃。

萝卜一年四季都有，我觉得秋冬的萝卜空心的很少，买回一根沉甸甸水灵灵的萝卜，再掌握一手煮好萝卜的绝技，简直可以变出一桌萝卜大餐来宴客。我好奇，查了一下秋冬萝卜代表品种，才知道萝卜这家伙还真不可貌相，名字真多。诗意如薛城长红、济南青圆脆、石家庄白萝卜、北京心里美和澄海白沙火车头！

用萝卜做的菜太多了，简单介绍几个我做得拿手的。

要萝卜好吃，有一个关键点，那就是原料要焯水，目的是除去萝卜的生臭味。记得袁枚老先生说过一条烹调原则，叫“有味者使其出味，无味者使其吸味”。我理解的意思是，材料本身有味道的，要在烹煮的过程中使它释放出来，而材料没有味道的，要吸收别料的味道，使自己变得有味道。材料的质地重要，萝卜的结构松，也能储存水，显然是吸味高手。那么我们就要通过焯水去掉它身上特有的萝卜生臭味，使它做好吸收的准备。

关东煮主要材料有白的长萝卜、海带、豆制品、鱼肉制品、贡丸、鸡蛋等。这个菜不用起油锅，很容易学。由于我常常在朋友聚会时带这个菜，大伙抢来吃，有人偷师复制，为尊重原创，改名为“明珠煮”。

长萝卜横切成三厘米厚的圆块，用小刀去厚皮，把棱角削圆，汆水去萝卜味。换水放萝卜、 白洋葱、海带结、鱼肉饼、虾球、贡丸和魔芋块，豆制品类可以放油炸豆腐，菇类选用鸡腿菇或者秀珍菇，水淹没材料。大火煮开后改小火煮。然后放些料酒和干贝素， 其中干贝素必不可少，是为增加日式料理的风味。关东煮要趁热吃， 蘸些黄色的芥末味道更好。

萝卜丝河鲫鱼汤是上海家常菜。鲫鱼洗净滤干下油锅煎黄了，放入小炒锅，加生姜片和水煮汤，略滚后汤色慢慢泛白，再加料酒。稍后，白萝卜削皮，再切成细丝，放入汤中一起煮，最后放盐、鸡精、葱段。这个汤具有清热去火的作用，看上去浓郁，喝起来却很清淡，口味重的人可以在喝前撒一点黑胡椒粉进去，增加香辣味。鲫鱼的味道鲜活，萝卜丝很酥，汤鲜美得让人担心眉毛是否会脱落。

“一夜渍”腌萝卜是一道爽口的小菜，和我做的酱腌萝卜颜色不同，是白色的，和台湾小酸辣萝卜也不同，是甜酸味。很简单，长萝卜十字切开，改切厚块，厚块上花刀开些缝。 先用盐腌，出水后滗去盐水，用白醋和白糖浸满。八个小时后就可以吃了。注意白醋白糖的比例，太浓要加些凉开水。可以顺带腌点胡萝卜，拿出来的时候切点碎末撒在上面，有生姜末也撒点，颜色更加悦目。

萝卜肺头汤，乳白色，滚烫的，撒点黑胡椒粉，那个浓那个香啊，充满诱惑，让人难以抗拒！

猪肺汆水去浮沫，清水冲洗到无血水，换水煮开后放葱姜酒，下切块的猪肺和白萝卜（白萝卜照例要汆水去味），大火煮开后炖大约四十五分钟，放些盐和胡椒粉。吃时肺头搛（音“尖”，用筷子夹菜）出来蘸鲜酱油，糯软、鲜嫩得舍不得很快咽下去。萝卜汤带点乳白，趁热喝。

因为家里只有我一个人爱吃猪肺，饕餮之后我悻悻然把图片贴到朋友圈上，没有想到回应的朋友那么多，都在诉说自己的孤独。原来我们一样孤独，只是我们不知道，不知道在世界的很多角落，都有像我们一样的傻瓜。拜网络所赐，爱吃猪下水的同志们终于会合，顶着各自的ID，安全地将自己获得认同的那一口放肆地说了出来。即便只是吃这样一件普通的事情，获得认同也是那么的不容易。不过我们也应该知足，毕竟古代得跋山涉水才能找到知音，而我们，只需坐在家里，动动手指，点出一两个表情，激动时，亲一个也没关系。大家惜福吧！

海鲜萝卜得用上干贝，干贝隔夜用黄酒发，小锅放少许水，慢火炖出它的鲜味待用。萝卜焯水，用油少许爆香拍碎的大蒜根部，萝卜放入炒一下，用老抽上色，然后把干贝连汤一起倒入，大火煮开后改小火慢慢炖，大概半个多小时后，萝卜用筷子能轻松戳进去，然后放白糖少许收汁，最后撒青蒜叶子，然后起锅。

为了味道更浓郁，有时我放入一些鱼糕、鱼丸、虾球之类，让这盘菜丰富一点。但是无论你放什么好东西进去，都是为洗净铅华、准备好吸收鲜味的萝卜准备的。待到海鲜萝卜上桌，众人品尝后都赞萝卜最美味，惊叹："你呀你，成本那么低，态度那么好，本宫宠你爱你真的一点也没错呀。"萝卜这位平民姑娘就这样以一种洁白无辜的假象开怀迎接，赚得盆满钵满，当然那只是口碑而已啦。

蹄髈萝卜汤是冬天最爱，蹄髈必须带皮，家人食欲大的，可以同时放入半只咸蹄髈，一鲜一咸笃的汤复合出绝佳口味，有人叫它们宝银蹄。想想当年兄弟姐妹年轻力壮，一口大炒锅里面按两只蹄髈进去烧，没有人会反对。现在一只大蹄髈买回家，非得分割成三四块。

萝卜带皮切成滚刀块，汆水，等到蹄髈炖到半酥后放入，用小火煮，蹄髈汤会慢慢变白，肉汤的鲜美渗入萝卜的纤维中。新鲜大蒜与萝卜是绝配，我婆婆教我一个方法， 大蒜叶不能直接丢入汤里面，那会搅混一锅汤；蹄髈汤最好也不要放盐去调味，每人一个小碗，碗底放一点细盐和青蒜叶，用滚烫的蹄髈汤冲进去。喝完一碗，再如法炮制。

萝卜丝红烧带鱼是传统的上海家常菜。当年没有冰箱，萝卜丝红烧带鱼烧多了会留一碗到第二天吃。天冷鱼汤结冻，带鱼与萝卜丝混在一起，沾了很多鱼冻，盛一碗滚烫的泡饭，用这个菜下饭，真有说不出的好吃。做起来也简单，带鱼洗净后剪大块，热锅底用生姜擦一下，带鱼用厨房纸抹干，或者用干生粉薄薄涂一层后放入油里炸。余油把萝卜丝炒一下，带鱼铺在上面，倒料酒与老抽、生抽各半，加点清水一起，盖上锅盖煮透，不要随意翻动，以防破碎，鱼熟萝卜丝酥了之后放一一点白糖，撒香葱后起锅。

萝卜很有营养，尤其秋冬萝卜有赛人参的说法，因萝卜通气利尿，富含多种维生素，其中维生素 C 的含量比梨子要高八到十倍。但是我的胃偏弱，一到秋天护胃是一件大事， 有时多吃了萝卜会有不适，那是因为萝卜性寒。还有，如果你在吃西洋参、白参红参的时候，都要忌口萝卜，因为它们药性相克。赛人参好吃，真人参贵啊，两厢抵消岂不白搭。

一口气说了那么多萝卜菜，其实关于萝卜我还有很多记忆中的美味，像农家萝卜炖豆腐啊，虾米萝卜丝味噌汤啊，还有心心念念的葱油萝卜丝油墩子，这些都是家里、路边的寻常美味，是很朴素的菜。我们成长后渐渐懂得，朴素之美是大美，荣华富贵的表象下往往潜伏着祸端。我采访过很多百岁老人，他们各有各的健康保健秘诀，唯有朴素之心是统一的，长寿老人都处世淡然，不争名与利，能够找到生活中细微的幸福。记得很清楚，有一位老画家说他每晚看电视，只看一个台，那就是CCTV-3。开始我觉得很好笑，回家后看了一下这个面向普通老百姓的综艺频道，觉得老人家真有大智慧。

歪批莱菔

汪朗

世间新说，无奇不有。法国作家布里亚·萨瓦兰在《厨房中的哲学家》一书中，便有一发明，说是大多数作家的艺术风格取决于其肠胃。排便正常者为喜剧诗人，便秘者为悲剧诗人，整天腹泻拉稀的人，便只好去写田园牧歌和挽歌了。将作家的文风与该人入厕的时间和次数直接挂钩，未免过于生硬苟简，故而此说流传不广。虽说时下一些新论也就是这么回事。

不过，萨氏之说虽属“歪批三国”，并非全无道理。一个人的精神状态与消化机能确有一定关联，如果三五天难以“方便”，心中再有鸿篇巨制，也会憋得写不出来；若是每日要在马桶上消磨多半时光，大约也只剩下写挽歌的心绪了。好汉子尚且经不住三泡稀，何况文弱书生乎。照此推论，萝卜应该算造就喜剧诗人的功臣，因为具备调理肠胃之显效。

据李时珍《本草纲目》记载，莱菔（即萝卜之大名）具有宣胸膈、利大小便等诸多功能，“生食，止渴宽中；煮食，化痰消导；饮汁，治下痢及失音，并烟熏欲死……”大便不通或是跑肚腹泻，萝卜居然都有办法对付，也算是有些能耐。

中国文人，颇有喜食萝卜者。南宋诗人陆游便是一个，并留有文字记录：“甜羹之法，以菘菜、山药、芋、莱菔杂为之，不施醯酱，山庖珍烹也。”他还为此赋诗一首：“老住湖边一把茅，时沽村酒具山肴。年来传得甜羹法，更为吴酸作解嘲。”从诗文中可以看出，陆游属于熟吃萝卜派。

其时文人中，也有生吃萝卜的拥戴者。南宋林洪在《山家清供》中记载，当时的哲学家叶适（人称水心先生）便有此嗜好。过去人们相信服玉可以益寿延年，而水心先生却对诗人杨万里说：“萝菔始是辣底玉。”萝菔是萝卜的另一称号，此外还有莱服、芦服、芦菔等不同写法。将萝卜的地位抬到如此之高者，实不多见。与叶适同时代的叶绍翁（号靖逸），也就是写“一枝红杏出墙来”的诗人，也属生吃萝卜派。据林洪描述：“仆与靖逸叶贤良绍翁过从二十年，每饭必索萝菔，与皮生啖，乃快所欲。靖逸平生读书不减水心，而所嗜略同。或曰能通心气，故文人嗜之。”

将文人喜食萝卜归结为因其能通心气，林洪此论不无见地。因为文人的一大毛病就是好发议论，哼哼。在朝在野无不如此，大事小情概莫能外。但是，这些意见能为执政当局所采纳者却不多，于是文人难免心中郁闷，脾胃不调，不吃些萝卜治理一番，不但有损健康，连舞文弄墨的老本行都干不成，最多只能写写挽歌。即以叶适为例，他当过户部侍郎，因为反对“和议”，结果朝廷北伐失败后，把罪过算到了他的头上，令其离职回乡休息。水心先生若不找几块“辣底玉”调养脾胃，哪里还会有心情著书立说，总结出“既无功利，则道义者乃无用之虚语”之类的道理，成为“永嘉学派”的代表人物？

对萝卜褒扬最为有力者，当属东坡居士。他写过《菜羹赋》《东坡羹颂并引》等文章，认为用萝卜、蔓菁、荠菜之类做成的菜羹，“不用鱼肉五味，有自然之甘”。苏轼还曾因有人请他吃萝卜，写过题为《狄韶州煮蔓菁芦服羹》的感谢信：“我昔在田间，寒庖有珍烹。常支折脚鼎，自煮花蔓菁。中年失此味，想象如隔生。谁知南岳老，解作东坡羹。中有芦菔根，尚含晓露清。勿语贵公子，从渠醉醲醒。”诗中滋味，堪可品尝。

东坡先生一生坎坷，下过天牢，迭遭谪贬，但他却始终保持着乐观豁达的心态，拿得起也放得下。《东坡志林·记游松风亭》曰：“余尝寓居惠州嘉祐寺，纵步松风亭下，足力疲乏，思欲就林止息。望亭宇尚在木末，意谓是如何得到？良久忽曰：‘此间有甚么歇不得处？’由是如挂钩之鱼，忽得解脱。若人悟此，虽兵阵相接，鼓声如雷霆，进则死敌，退则死法，当甚么时也不妨熟歇。”东坡先生此等胸襟，当与喜食萝卜不无关系。

后世文人在朝廷的管束之下，懂得了不能随便哼哼，否则于身家性命大大的不妥，故而对萝卜的评说也渐入实用层次。袁枚在诗文中鲜有“勿语贵公子，从渠醉醲醒”之类的语句，但是在《随园食单》则记录了几样萝卜做法。一为酱萝卜：“萝卜取肥大者，酱一二日即吃，甜脆可爱。有侯尼能制为鲞，剪片如蝴蝶，长至丈许，连翩不断，亦一奇也。承恩寺有卖者用醋为之，以陈为妙。”一为猪油煮萝卜：“用熟猪油炒萝卜，加虾米煨之，以极熟为度。临起加葱花，色如琥珀。”虾米煨萝卜，至今仍为家常菜的代表作，如果将干贝与萝卜同烧，则可用来招待贵客。

若有人想要出新而无题目，不妨写一篇《论多食莱菔与保持健康及建立和谐家庭之关系》。

萝卜糕

林文月

天气渐渐寒冷起来，墙上的月历刚刚换上今年全新的一份。新月历第一张的最后一个星期，中间周日的部分，却有四天的日期是用红色印上去，显得喜气洋洋。虽然推行阳历，甚至仿西方人生活方式，规定隔周休二日制，如果这些古老的节庆吉日从月历上完全消失，生活将会变得多么枯燥无味啊。

至今，我们说“过年”，恐怕大部分仍是意味着农历的过年吧！意味着不是刚刚换上的新月历的第一天，或者是已经被丢弃的旧月历的最后一日吧。时序进入腊月，街头开始骚动，应景的南北年货逐渐出现，各式各样的春联也在路边的摊子上引人注目。于是，许多家庭似乎也受到感染，厨房里，甚至房屋各角落，不知不觉间也会堆积一些干粮，存放若干糖果。虽然，现在的生活已无需为过年假期储备许多粮食，超级市场及便利商店几乎随时提供人们所需，但中国人过年就是这样，喜欢家中充满食物，一家人团聚，吃吃喝喝，悠闲地过几天欢愉慵懒而热闹的日子。

而中国人过年，在许多的吃食年菜之中，最不可或缺的，恐怕是年糕吧。《帝京景物略》载：“正月元旦，夙兴盥漱，啖黍糕，曰：年年糕。”又《湖广书·德安府》云：“元旦，比户以爆竹声角胜，村中人必致糕相饷，俗曰：年糕。”外祖父雅堂先生所著《台湾通史》卷二十三《风俗志》中的“岁时”，所记也与上二书略同：“元旦，各家先洁室……是日各家皆食米丸，以取团圆之意。……初三日，出郊展墓，祭以年糕、甜料。”

不过，中国幅员广袤，各地所称年糕不尽相同。例如江南地区的人民多食以糯米制成的宽条状“宁波年糕”，而广东、闽南的人，则习食以萝卜丝与尖米混合制成的“萝卜糕”。

我幼时的家庭虽然迁徙不定，但母亲几乎固执地每年必定亲自下厨房制作萝卜糕给全家人享用。所以我们在上海过年，并不随同上海人吃“宁波年糕”，在东京过年，也没有随同日本人吃大小二团糯米糕摞成的“镜饼”，而所吃食的便是用闽南语称呼“菜头粿”的萝卜糕。只不过，母亲制作的“菜头粿”，是否即是《台湾通史·岁时》所记的“年糕”？外祖父去世时，我仅四岁，无缘求证，是颇遗憾的事情。

我们家人口多，过一个年，至少要用大蒸笼蒸出两三个萝卜糕才够全家上上下下享用。孩子们到了过年时，对于厨房里异常忙碌的气氛相当好奇，总喜欢跑进跑出观察种种而妨碍大人的工作。对此，母亲不甚高兴，紧张的娘姨们（上海人对女佣之称呼）更会不耐烦地挥挥手说：“去去去，去外头白相（戏耍）！”不过，到了母亲年纪渐老时，却反而叫我们渐长的女孩子在一旁观看学习，甚至参与帮忙。她说：“用心学吧。有一天我不在了，你们才会自己做。”

母亲过世以后，我果真在自己的厨房里依年少时的记忆，每年腊月岁末时便会紧张忙碌起来。制作萝卜糕的手续相当繁复，而且素材的种类多，用量又大，往往会把厨房摊放得到处都是东西，米汁和萝卜丝更恐怕稍不小心被人碰倒。我终于体会童年时期被娘姨们挥手赶出厨房的道理了。

萝卜糕是家人团聚的年夜饭不可缺的，而农历年终日，往往在二十九日，所以我们从小习惯跟着父母称除夕为

“二九暝”。制作萝卜糕的时间，最好在二九暝前两天，以避免与烹调其他菜肴冲突而添加忙碌；太早制作，则又恐放置久而失去新鲜味。

通常都须于前一天买好“在来”米及萝卜。如今在米店或超级市场皆有已经研磨成粉状装袋的米粉，确实方便不少。以前我都是晚上淘洗好米，浸于水中。次日清晨，由阿婆把水沥干，送到附近的豆腐店，花一些工钱请他们磨成米浆；再把那变成稠浓的米浆放入面粉袋中，上置重物，令多余的水分挤压出来，方可备用。今日的台北市高楼林立，街头巷尾何处去寻找一间老式的豆腐店？所幸袋装的米粉既省时又省力，委实可喜。只需将塑料袋打开，加入清水，便可以得到我从前从头一天晚上到次日早晨大约十个小时的效果。唯一需要注意的是水的分量，及加水的方法。水要徐徐注入，切忌太急。一面用筷子或汤匙将水与米粉搅拌均匀，至稍硬即可。因为太软的米浆，无法再容纳萝卜汁，而减却萝卜的香味，所以调水之际，要把萝卜汁的水分考虑在内。这对于初次操作的人而言，或者不易掌握，不过，凡事累积经验，总可以渐臻熟练。食单看谱之类，可以供参考，亲自动手以后，方能达到“冷暖自知”之境。

萝卜与“在来”米（或米粉）的比例，约为三比一。换言之，若用一斤米，则需三斤萝卜，如此做出来的糕才有浓郁而香醇的萝卜味。白萝卜洗净沥干水分后，以刨刀刨成丝，略撒些盐，使萝卜汁自然渗出一部分，遂将那渗出的萝卜汁加入先前调和得稍硬的米浆之内。

往日母亲教我们制作的台式萝卜糕，是先将萝卜丝在爆炒过红葱头末的锅中焖煮，使其软化，再与调味料共同倾入米浆内。冷米浆遇炒热的萝卜丝，即会成为糊状半固体。但我婚后学得豫伦家乡的潮州式萝卜糕，更受我们的儿女喜爱，所以与传自母亲的方法略异。现将其制作过程记述于后。

潮州式萝卜糕蒸出来，较诸台湾式或广东式萝卜糕稍硬而有嚼劲，其差别在于萝卜刨丝后不入锅炒焖，直接把生萝卜丝与米浆混合蒸制。当然，调味与作料，仍是需要先行备妥。作料方面，猪肉、香菇、虾米、花生以及青蒜是必备的。猪肉要去皮，选择稍带肥脂的腿肉或眉头肉，切成丝状。香菇与虾米先浸泡，前者亦需切丝。花生购买时即取已除皮膜，略洗后泡于大碗内。青蒜则洗净沥去水分，斜切为寸许长。以上诸种材料的分量比例,以能点缀萝卜糕,使糕切片时得以见到各色羼杂其间为准。但千万要记住:糕为主,作料为宾,莫令喧宾夺主。

切丝的肉与香菇,最好先在酱油及少量糖中腌泡使入味。起油锅时,油量要稍重,最先爆炒青蒜及香菇虾米,然后再炒肉丝。至于盐、酱油、糖、胡椒、味精等调味料,亦应较一般炒菜用量为多,否则调入米浆内便淡乎寡味了。已经浸泡过的花生,可以不必爆炒,沥干备用。

米浆、萝卜丝,与配料都准备妥当后,便要将这三部分混合调匀。如果是小家庭,制作一两个蒸笼的糕,大约准备一个大型塑料盆即可。如果人口稍众,或准备多做一些送人,则需另觅更大的容器。有一段时间,母亲年迈不堪劳动,我负责制赠娘家的年糕,曾经为此特别购置一只巨大的金属盆子,大小可容婴儿沐浴。于今回想起来,真是一大壮举!

首先,把米浆放入容器内;次加刨好的萝卜丝,一面用洗净的手,凭着手指的触觉,将米浆结成块状的部分提开,使与萝卜丝均匀融合;最后撒入炒妥的配料及泡过水的花生粒。炒配料的汤汁及油分亦需全部倾入其中,唯配料有时过多，可以留取一部分供他用。即使配料不多不少恰好，也应预先留一些滤去汤汁的部分，以为撒布糕面之用。

制作潮州式的萝卜糕，通常比较广式、台式萝卜糕为稠浓一些。而且萝卜糕尚未经焖炒，蒸后仍会产生汁水，因此调匀后，如果仍嫌其不够糊软，是正常的现象。

起初，我依豫伦记忆口述试做，是将掺和萝卜丝后犹稍硬的米浆，用双手舀取合掌大小之量，置于热气腾升的蒸笼布上。每一层蒸笼内约可放入三个，旁边自然有空隙可以透气。豫伦说，儿时他偶尔从上海回家乡，亲戚长辈便是以那种椭圆形的萝卜糕切成片状，油煎后蘸辣酱油享食的。尔后，我认为既然食时都需切成片，原来是椭圆小糕或是整笼大糕都无甚关系，且捏成椭圆形状既费工夫又占空间，所以便径自改以广式、台式年糕的制作方法，将萝卜泥倾入铺好糕巾的蒸笼内。

蒸萝卜糕的蒸锅，宜选取稍大型者。通常铝制蒸锅有两层，底部有整齐的圆洞以利通气。往时我完全依传统方法，于其上铺面粉袋拼成的“粿巾”，将萝卜泥倒入，复于周边插上竹筒助利热气畅通。自从阿婆告老退休以后，身边少了一个得力帮手，便也自然想出较方便省事的变通方法。

粿巾、竹筒等物的事后清理颇费神费时，遂改取坊间所卖制作西点用的铝制或玻璃制较高的容器。形状亦未必拘泥圆形；长方形状的容器蒸制后切成片，反而更为整齐合宜。可见随时利用现代生活周边的器物，仍然可以达到表现传统之目的。

蒸萝卜糕时，一定要用大火，且慎防锅盖不紧而漏气。于蒸锅底层注入清水约七分满，水烧开后，把盛着萝卜泥约八分满的铝制或玻璃容器每层蒸锅内各放一具，隔火蒸之。倒入萝卜泥之前，容器内宜用铝箔纸或玻璃纸紧密铺妥，蒸好以后的糕才不致粘着其上而易于取出。为了美观起见，盛好萝卜泥后，可将预先留存的肉丝、香菇、虾米及花生等撒布于表面上。

蒸萝卜糕的时间，须视其大小厚度而定。一般言之，满水大火蒸约一小时到一小时半，可取一根筷子插入，不会黏粘，且闻到浓郁的萝卜香气，便表示已经蒸熟了。

熄火后，得要赶快把蒸锅移开炉上，并且把两层分别摆开，挪出容器使冷却，以免多余的水汽残留于糕上。蒸得成功的萝卜糕，呈乳白色且油亮亮，面上的配料点缀其间，更增添美观。用手指轻按，则有一种厚实的弹性可以感觉到。

等待完全冷却之后,用一只扁平的大盘覆盖于糕面上,用手按住，然后把装着糕的容器轻快倒扣。糕冷却之后会稍稍收敛，所以微微摇动便能够将容器抽出，使糕连同铝箔纸或玻璃纸覆盖于盘子上。于是剥除三面的薄纸，再将糕身倒翻过来，美味而且美观的萝卜糕便出现于眼前了。

其实，现时未必要等到过年才能享食萝卜糕。在港式茶楼饮茶之际叫点一份，甚至市场上也有家庭式的制品可以买回，何须如此费时费神自己操作呢？日本有谚语云：“母亲的滋味。”虽然我已经略微改变了母亲所制萝卜糕的滋味，但是，我喜欢在年节庆日重复母亲往昔的动作，于那动作情景间，回忆某种温馨难忘的滋味。

萝卜

董改正

萝卜幼时，嘉名缨子，秆子白生生，叶子绿油油，小囡囡的模样，逗人喜爱。要遮阳，怕风雨，肥要适量，水要及时，娇生惯养着，她们欢喜，栽种的人也欢喜。这时候的缨子，整个拔起，根细白，身翠绿，凉拌着，微涩微苦，更多清爽，略无浊气。

待她长成少女模样，翠衫绿裤，颇有亭亭韵味，心事渐渐有了，不便示人，就偷偷藏在根下，埋在土里。小小的心思，惹人怜惜，风不知，雨不觉，土地自然不会说。初历红尘，青涩渐去，甘甜未来，却有一股倔劲。这时候的萝卜叶，要夹着盐揉搓，让她软让她入味。腌制后，吃稀饭用来佐餐，非常可口。

深秋的萝卜，叶肥硕，健壮泼辣的样子。田野里，酥胸半露，尽是潋滟的风情，哗哗笑语戏谑，能说不能说的，野性，辣味。一旁的柿子，大老爷们的，听得羞红了脸。

我见过最泼辣的吃法，是田间荷锄的少妇，微黑，丰腴，弯腰下去，露出白萝卜般的身段，拔一根，放鞋上蹭蹭，也不扭掉叶子，剥皮成花，晶莹的萝卜肉，水气森森，粼粼耀眼，咬一口，眉目蹙而哗地舒展，咀嚼咯咯有声。我忍不住吞咽一声，她看我一眼，继续，不料地里一声如鸟："给后生吃一口吧！"笑声咯咯不绝。那妇人白我，乍喜乍怒地走进地畦，两人互相笑骂，叽叽咕咕，走远犹闻。

我吃过这个季节的萝卜，脆，甜，汁水丰满，却不适合炒或炖，不易烂，尚余青气，肉味或虾鲜都不能融入，就像初婚的夫妻，未及磨合。一场霜后，再经薄雪初冻，翠绿敛去，萝卜水落石出，化身男子，不怒不喜，中和静气。辣味收，甜味淡，倔强和风情，都化作波澜不惊的从容润泽。那些葱绿的过往都纳入了体内，记忆洗净铅华，尽为润白。

若说过程，每个阶段，萝卜都有它的好。若论结果，萝卜最好处，却是霜雪后。就如一个经历过红尘磨难的人一样，他不再跳脱飞扬，不再激情四溢，甚至不再有雄心壮志，他是个极其普通的人，但是他沉定，表情淡然不夸张，倾听比诉说多，让你觉得值得信赖，可以依靠。这种"润"，是时间的打磨，这种"静"，是历练的从容。

这时候的萝卜，是温和的朋友，耐心的倾听者，把自己放在很低的位置。与五花肉相佐，就油浸浸的，萝卜如肉，肉如萝卜，各臻化境。牛肉也罢，羊排也罢，鲜虾也罢，甚至是排骨萝卜汤，他都敞开自己，让朋友进来。而他的朋友，在不知不觉里，也浸润了他的香他的味，由咄咄逼人转至中和。

这样的朋友弃智就仁，正如阳光，在相处中似乎没有自我，却让人温暖，悄然改变而不自知。这是宁静的力量，宁静有伟大的药性，可以医治急躁，而生命里，有很多"病"都由急躁而生，比如说焦虑，火气，车祸，金融危机，等等。

霜雪后的萝卜，接近君子，携仁爱之心，行中庸之道，行走人间。品性恶劣的医生，会拿萝卜整个晒干，充当党参，因此让人唾骂，因为以廉充贵。我却为萝卜不平。如果说党参等是诤臣魏徵，那么萝卜就是杜如晦房玄龄，温润滋补，恬淡绵长。

莱菔子

刘梅花

莱菔们开花的时候，青稞正在灌浆。谁开谁的花，谁灌谁的浆，各自都忙各自的。至于花的颜色，都是莱菔们自己决定的。想开白花就是白花，想开紫花呢就来一朵紫的，这有什么关系呢，主要看莱菔们的心情如何了。

不过紫花一般来说开不成深紫色的，只是淡淡的一种紫，很清雅，一点也不如大蓟花俗气。当然，莱菔的花也算不上美丽，顶多很平常罢了。这只是我一厢情愿的见解，蝴蝶们可不这么认为。

这世上所有的花，蝴蝶们都认为很漂亮，所以莱菔的花欲开未开时，它们就扑棱着翅膀从我不知道的地方赶来，挑挑拣拣，拿不定主意。该落在白色的蕾上呢，还是紫色的蕾上好呢？莱菔们就攒足了劲儿往枝上扔花朵。

早上还是点点的花苞儿，中午未到，哗啦啦全打开了，简直有些迫不及待的意思。这些沉不住气的花儿。那花，一小朵一小朵凑成一簇，好像是一小口一小口呵出的气凝结而成的一样。花没有香气，轻拢在一起，谦逊的样子。

不是每棵莱菔都可以开花的，真的不是。开花的莱菔是经过挑选和历练的。让谁开，让谁不开，那是我说了算的。等到开花的时候，开成哪种颜色，才是莱菔自己做主的。莱菔还有个俗名，就叫萝卜。这个名儿俗得，不知是谁给起的，简直让我生气。

莱菔花败了做荚结子，那子就可入药。入药的子就贵气了，叫莱菔子，不能说是萝卜子儿。中药材的世界是很高雅的，是从《诗经》里走出来的。

每味药走进古风的药材世界，就得把俗名扔掉，换个笔名进入。比如蚯蚓，一旦药用就叫地龙。僵蚕呢，药用里叫天虫。还有橘子皮，青的是青皮，老的是陈皮。我们小时候常挖来吃的辣辣，贱得天底下都是。可是一旦结了子，那子就是葶苈子，简直像来自书香门第。益母草呢，也叫坤草，可见地之大，母之贵了。牵牛花的子，是二丑子，大俗即大雅嘛！当然，有些花花草草皮皮根根入药，就不必改名字了。大约那些名字本来就不错。想想这是多么有趣的事啊。

莱菔子入药，归纳到消导药类里去。吃到人的身体里，归脾，归胃，归肺经。蛇钻的窟窿蛇知道。啥药走啥道都是预先知道的，药们按自己的脉络走就对了。药是走不错路的。比如莱菔子，它理气开胃，绝对不会跑到骨脉里止痛活血。不过开药的大夫们常常会开错药。

莱菔子入药，主要用来理气消食。还可以配以白芥子、苏子，降气平喘。和人参相克，服用人参时不用莱菔子。还有和地黄何首乌也不同用，吃这些药时，那要忌口。

种莱菔得起垄。我喜欢看一垄白白胖胖的莱菔挨挨挤挤地生长，那种旺盛的生命力看着非常舒服。待莱菔们长到镰刀把粗细时，就可以挑选备用的了。如果让它们一直这么长下去，只能长成大萝卜而绝对不起薹（从萝卜秧子中间抽出一根薹）开花，当然就没有莱菔子可收了。

这时，挑一些缨子旺盛的，拔出来，拎到南墙下晒晒日头。晒多久呢，两三个时辰。下午日头不毒时最好。待太阳落去之后，缨子也蔫了，莱菔也塌水了，就重新栽起，浇水。只一夜，莱菔们就缓上气儿，又活过来了。二茬长起的莱菔，过段日子就起薹抽枝，打蕾开花。有的开白花，有的开紫花，让人不断有惊喜。你不停地猜，这棵该是白花吧？可偏是紫的。那棵应是紫花吧？果然是白的。就这么，花朵儿不断地炸开着，我就是贪图那份实在的欢愉。

花败了，结荚。赶在白露之前拔起晾干，就能收到莱菔子了。此时的莱菔，已经不是白胖胖的水萝卜，而是地道的柴萝卜了，变成莱菔子的根。

杨花萝卜及其他

叶灵凤

这几天，在我们家乡，会有一种新上市的萝卜，小而且圆，外红里白，只比樱桃略大，园丁将它们连萝卜缨扎在一起，十几棵扎成一把，洗干净了上市出售，又红又绿，色彩极为鲜艳，称为“杨花萝卜”。因为是时蔬，初上市的时候价钱颇不便宜。这种萝卜只宜生吃。因为小，并不需用刀切，只要用刀将它整个拍破，加糖醋酱麻油凉拌，像吃西菜的沙拉那样，很爽脆可口。西菜里仿佛也有这种小红萝卜，将皮削去一半，只用一两枚放在盆边作点缀，不像我们将它当作春天很珍贵的时蔬。

它们所以称为“杨花萝卜”，大约因为是在杨花季节上市的缘故。另有一种较大的外红里白的萝卜，也是圆形的，那就不仅我们家乡有，在江南一带，一直到北方，都有。近年有一部彩色的卡通片，名为《萝卜回来了》，主角就是这种圆形的外红里白的红萝卜。

在我们家乡，这种红萝卜的产量很多，同白菜一样，是家庭中日常主要蔬菜之一。可以拌萝卜丝，可以红烧猪肉，可以同烧鸭煨汤。就是削下来的萝卜皮和切下来的萝卜缨，也可以用盐腌了，然后用酱油麻油拌了吃。这不仅因为一般家庭都懂得节俭，实在也因为萝卜皮爽脆可口，萝卜缨微带辣气，吃起来都别有一番滋味。

广东人对于萝卜，似乎没有我们江南人对它那么有好感。一般人都认为萝卜破气无益，避而不食。除了蒸萝卜糕，焖牛腩，或者耙齿萝卜鲜陈肾汤以外，就很少有以萝卜为主的家常菜了。就是吃起来，也往往要放一点药材一类的配料进去。

最使我看不惯的，就是天津的青萝卜，本来在北方是冬天解煤毒去火气的妙品，一般人都是拿来生吃的，可是到了香港小贩的手上却变成了“上海青萝卜”，而且宣传上海人用青萝卜瘦猪肉煲汤，最清凉正气有益，真使许多“上海佬”听了“为之吹涨”。

在北方除了青萝卜，还有紫萝卜，这两种萝卜都可以替代水果拿来生吃，从来就没有人煮熟了当菜吃，只有宁波人将青萝卜用盐腌了当“咸菜”。

扬州镇江的酱菜之中，有一种“萝卜头”小而嫩，是酱菜中的妙品，不知是用什么萝卜腌成的。家乡另有一种用胡萝卜腌成的，作殷红色；还有一种用白萝卜腌成的，每个萝卜切成两半，看起来像一只耳朵，都是早上吃粥的小菜。另有一种切成小块的五香萝卜干，那就是广东人所说的“菜脯”了。

萝卜

陈子展

萝卜菜上了街，药王菩萨倒招牌。

这是长沙市上常常可以听到的一句俗语，只要是在菜市场上有萝卜菜可卖的时候。我们那里说的萝卜菜，是指萝卜嫩苗，连根带叶吃的。这种菜差不多一年四季都有，只有秋末冬初种的，除了嫩苗以外，茎叶不做菜吃，仅仅吃它的根，根就叫做萝卜。

长沙最有名的萝卜，出在离东门三十里的榘梨。此地的白萝卜又圆又大，皮薄肉细，含水分很多，味是甜的，稍微带辣，可以生吃，只有皮的味最辣，那是不能生吃的。每当秋末冬初，乡下农民就把萝卜种子播在田里山土里，到了残冬腊月，就可以挖萝卜了。通常一个萝卜只有一只饭碗那么大。“扯个萝卜，只有碗大的眼”，这句乡人俗语常常比喻小事不足奇怪。“扯过萝卜地土宽”，这也是一句俗语，作为稀松了不甚拥挤的比喻。原来萝卜种子虽然撒得稀松，可是萝卜长大了，会要个个相挤。这里的农民每每夸说自己种的萝卜大，或是对外乡人夸说本地的大萝卜，都说是曹操八十三万人马下江南，一餐吃不完一只萝卜。可是我在这里住过，只看见十来斤重的萝卜就算顶大的。这种萝卜好吃，价钱却很便宜。我想去年冬天，大约只能卖三四角大洋一担，约合当地双铜元两三千文吧。在从前使用制钱时代，每石萝卜值三百文以上，最低也需三百文，不许还价，所以有“亲戚不亲戚，萝卜三百钱一担”的俗语。

除了槧梨萝卜以外，益阳萝卜也著名。其实这种萝卜并不一定出在益阳，就是本地出产的，个子虽圆，可是很小，约摸鸭蛋粗细，皮更薄更白，肉更嫩，不过味淡，不甚甜。还有一种白萝卜，生成圆柱形，或者长成头大尾尖的圆锥形，皮厚肉粗，纤维质太硬，不甚好吃，价钱比较便宜。人家买了它回去，洗净，切开，晒好，拌盐揉擦，就成了萝卜干。倘若再加进一些碎辣椒，腌在一种瓦质的吸水坛里，过六七天就可以吃，藏到几个月，年把，也不会坏，而且味道还很好。这是冬春两季的好菜。《诗经》上说：“我有旨蓄，亦以御冬。”旨蓄就是味道好的干菜。腌萝卜，萝卜干，阴萝卜，萝卜插菜，都是我们那里准备过冬的一种好菜哩。阴萝卜的做法就是把洗好的萝卜，剖做几块，用小篾丝或用小绳子一串串穿起，挂在当风当太阳的窗前檐下，经过一两个月，风干了，或像腌萝卜一样封在坛子里，或是拌在腊八豆里，再过半月一月就好吃了。

萝卜插菜虽说是一种便宜货，但也可说是一种雅俗共赏的菜,不过雅人偶然拿来换换口味,俗人去用做日常小菜，一年四季都吃，只要它有。这种菜的做法也很简单，把没有老的萝卜菜连根带叶地扯出，晒到两三分干，把它洗好，再晒一个冷干，然后用刀剁碎，腌在大桶大缸里，口子用泥封好，经过半月一月，菜已发酵翻黄，晒干便是。这种菜，做汤吃，炒干吃，饭锅里蒸吃，蒸肉吃，悉听尊便。自然在阔人看来不好吃，贫苦朋友不好吃也得吃的。

用萝卜做的菜，我最爱吃的，只有家常制的泡萝卜。湖南人做的泡菜，又称浸菜，实在比四川泡菜好些，不像四川人喜欢顶酸。还有酱园制的酱萝卜更好，五香萝卜味道稍差。就是号称云南名产的五香萝卜也不及湖南的酱萝卜鲜嫩香脆，这是我最难忘的乡味里的一种。至于把萝卜、猪肉或鸡肉都切成小方块，拌豆瓣酱炒成的酱丁，也算是一种可口的东西，不过萝卜的味道不大显然了。

我在南京读书的时候，早上吃粥，有酱制的白萝卜和胡萝卜做菜，又咸又臭，简直不能下咽。只有一种红皮白肉，小而圆的萝卜，凉拌生吃，鲜甜可口，那倒是我很喜欢的。南京冬秋两季少雨，天气干燥。我初来此地，嘴唇枯涸，皮坼出血，有时还觉喉咙梗痛。一个江北同学劝我吃小贩出卖的绿萝卜，又称“天津萝卜”，我吃了果然好些。不过起头吃它的时候，味道有点辣，吃不惯，久而久之便非吃不可，辣了更舒服。但从回湖南一直到今，看见这种萝卜也不吃了，也不发瘾了。

湖南人相信萝卜菜是一种“卫生菜”，吃了百病消除。北方人又相信萝卜可以免喉病，辟煤毒。我不曾读过中国旧医书，不知道《本草》一类的书上说过萝卜有什么效用。也不曾研究食物化学，对于萝卜做过化学分析，不晓得它的成分怎样。我只知道用萝卜解决炭烟气的毒，这个发明是很古老的。记得是在元好问的《续夷坚志》里有一个这样的故事：

说是某年冬季，某地有一个石窑，有许多人民逃躲兵灾，藏居里面。后来被乱兵知道了，攻打这座石窑，窑里四五百人将通通被烟火熏死。其中有一个老头子从意识迷迷蒙蒙里，摸得一只生萝卜，因为气闷口渴难过，放在口里吃了，刚好把萝卜吃完，人就清醒起来了。他又拿只萝卜给老兄，老兄也活了；再拿许多萝卜给那些同难的人，因此四五百人都活了转来。

元老先生还说到北方每每有因炭烟熏死的，但在临睡之前，削萝卜一片投在火里，烟气就不会毒人。又说，倘怕临时找不到生萝卜，预先把萝卜晒干，研成末子，也可投急。

可见萝卜这东西虽然很平凡，但如果使用得当，却可以救人性命，何况它差不多成了平民必需的日常食品呢！

世上果有爱吃萝卜，当做卫生菜的么？我以为总比吃些于人无补的国药党参之类要好。

秋说萝卜

潘江涛

十月萝卜小人参。这年头，通胀压力大，但萝卜市价每公斤竟然只要三元，比青菜、番薯还便宜，实在是平民之福。

萝卜的资历装在《诗经》和《尔雅》里，比番薯老得多。我甚至发现，大凡能在《诗经》抛头露脸的菜蔬，都是土得掉渣的国货。它们最有资格倚老卖老，说三道四。

萝卜是现代通称，古籍中还有莱菔、荠根、芦菔、芦葩、秦菘、紫菘等异名，只是无人再叫而已。至于北京的心里美、山东的青皮脆、昆明的水葡萄、南京的赛雪梨等等，都是地方特产，闻名全国。

萝卜品种很多。据《王桢农书》介绍："萝卜一种而四名：春曰破地锥，夏曰夏生，秋曰萝卜，冬曰土酥。"季节不同，名称也相异。一个比一个好听。

金华有两种萝卜，一大一小。大者，产自婺城盘前

——北山之顶，海拔一千三百多米。块头粗的，五六斤；细的，也有一二斤。小萝卜出自兰溪，一个不足半两，娇小可爱，名实相符，是天生的腌货——松脆爽口，宜做酒桌冷盘。兰溪乡贤李渔曾说：“生萝卜切丝作小菜，伴以醋及他物，用之下粥最宜。”不过，萝卜生吃，肠胃胀气，“但恨其食后打嗳，嗳必秽气”。

老家磐安山多田少，萝卜多种在贫瘠的山地上。若论个头，既无盘前之“大”，又无兰溪之“小”，生吃、腌制均不可用。即便是煮熟之后，有时还会吃到嚼不烂的“纱布”。个中原因，不是萝卜品种退化，也不是山民不懂农事，实因萝卜有自己的生存偏好——“性质宜沙地，栽培属夏畦。熟登甘似芋，生荐脆如梨。”（元朝·许有壬《芦菔》）

萝卜籽粒细小。芽苗长出，茎粗不过毫米，只比大头针略粗，两片绿色的心形小叶平展，永远是旷野那不经意的一丁小绿。只是，芽苗太密，俗称“毛菜”或“鸡毛菜”。

毛菜鲜食，拌蒜蓉，以猪油清炒，冰清玉洁，好吃；长大之后，缨子味辛，要么煮熟喂猪，要么腌制咸菜——吃剩晒干，便是霉干菜。

萝卜与冬瓜都属味淡之列，要靠“借味”提升自己。

但萝卜比冬瓜强，除了生吃，还可腌渍、造型。特别是干制——刨片或切条，脱水储藏，清水复发，能备不时之需。

“秋来霜露满东园，莱菔生儿芥有孙。”苏东坡不仅写过萝卜诗，还有“东坡羹”遗世——捣碎萝卜、荠菜，与研碎的白米同煮。“东坡羹”菜饭合一，类似现代版“盖浇饭”，也是烹饪文学史里最典型的“双赢”案例。

萝卜耐炖，久则味出。干贝、淡菜、咸肉、鲫鱼等等，都是不错的选择。沙汀《淘金记》写幺吵吵每天用牙巴骨炖白萝卜，吃得一家脸上都是油光光的。但谁都知晓，天天吃是不行的，隔几天吃一顿，频次正好。

萝卜排骨汤不仅好喝，而且难以忘怀。有一次，张爱玲去姑姑家做客，发现灶头正煨着一罐萝卜猪肉汤，馋得她眼睛发绿，守着那罐汤迟迟不忍离去。后来，她去了美国，隔着几十年的辛酸路，回望大洋彼岸的祖国，依然凄切悲凉地回味着——那一缕萝卜煨肉的芳香啊，真抵得过她笔下的第一炉沉香。

金华火腿与北山萝卜是煲汤的绝配，其鲜其美，一点也不比用胴骨煲逊色。还有，汤溪那只大大的肉圆，也是用萝卜丁、番薯粉和五花肉丁制成的，外形酷似淮扬狮子头。刚蒸熟的汤溪肉圆，鲜香筋道，曾是几辈人的童年美食。一旦吃剩凉透，还可废物利用，再烧一道汤溪名菜——青蒜炒肉圆：肉圆切成厚片，入油锅略煎，撒入青蒜叶，加酱油、料酒同炒。蒜香浓郁，肉圆软糯。

萝卜是深得李时珍赞美的食材。无需翻查资讯，只读一读“冬吃萝卜夏吃姜，不用医生开药方”“萝卜上市，医生无事”“十月萝卜赛人参”等乡谚，就能掂出其药用价值和食疗作用。不过，萝卜善于消化积食，倘与中成药、滋补品同吃，犹如隔山打牛，实乃一忌。

萝卜与青菜同命相连，是草根的一种，有着绿色思想和清水样的品质，是大自然的馈赠，也是质朴人生的写照。爱吃、常吃者，必定是甘于淡泊，有着平和人生的人。

冬至萝卜挑

肖复兴

冬至到了。寒冷的冬天来了。在老北京，即使这时候已经进入数九寒冬，街头卖各种吃食的小摊子也不少。萝卜挑，是其中一种。

萝卜是老北京人冬天里常见的一种吃食。特别是夜晚，常见卖萝卜的小贩挑着担子穿街走巷地吆喝："萝卜赛梨！萝卜赛梨！"老北京人管这叫做"萝卜挑"。一般卖心里美和卫青两种萝卜。卫青是从天津那边进来的萝卜，皮青瓤也青，瘦长得如同现在说的骨感美人。北京人一般爱吃心里美，不仅圆乎乎的，像唐朝的胖美人，而且切开里面的颜色也五彩鲜亮，透着喜气，这是老北京人几辈传下来的饮食美学，没有办法。心里美也有多种，分绿皮红心、白皮粉心、红皮白心、红皮绿心。其中最佳品种是红皮白心，说是白心，其实是白色如雪中夹杂着一丝丝红线，好像血丝，红白相间，透着细腻喜人。这种心里美，水分最足，还带着丝丝甜味。如果切成丝，撒点儿糖，点点儿醋，拌着吃，颜色就诱人无比。

“萝卜挑”，一般爱在晚上出没，担子上点一盏煤油灯或电火石灯。他们是专门为那些喝点小酒的人准备酒后开胃品。朔风呼啸或者大雪纷纷的胡同里，听见他们脆生生的吆喝声，就知道脆生生的萝卜来了。那是北京冬天里温暖而清亮的声音，卖心里美嘞！卖卫青儿嘞！和北风的呼啸呈混声二重唱。民国竹枝词里也有专门唱这种“萝卜挑”的：“隔巷声声唤赛梨，北风深夜一灯低。购来恰值微醺后，薄刃新剖妙莫题。”

人们出门到他们的挑担前买萝卜，他们会帮你把萝卜皮削开，但不会削掉，萝卜托在手掌上，一柄萝卜刀顺着萝卜头上下挥舞，刀不刃手，萝卜皮呈一瓣瓣莲花状四散开来，然后再把里面的萝卜切成几瓣，你便可以托着萝卜回家了。如果是小孩子去买，他们可以把萝卜切成一朵花或一只鸟，让孩子们开心。萝卜在那瞬间成为一种老北京人称之的“玩意儿”，“玩意儿”可就是现在我们所说的可以把玩的艺术品呢。

前辈作家金云臻先生曾经专门写过卖萝卜的小贩给萝

卜削皮的情景，写得格外精细而传神：削皮的手法，也值得一赏。一只萝卜挑好，在头部削下一层，露出稍许芯子，然后从顶部直下削皮，皮宽约一寸多，不薄不厚（薄了味辣，厚了伤肉），近根处不切断，一片片的皮笔直连着底部。剩下净肉芯，纵横劈成十六或十二条，条条挺立在内，外面未切断的皮合拢起来，全把萝卜芯包裹严密，绝无污染。拿在手中，吃时放开手，犹如一朵盛开的荷花。

卖萝卜的不把萝卜皮削掉，除了为好看，还为了不糟践萝卜，因为萝卜皮有时候比萝卜还要好吃。爆腌萝卜皮，撒点儿盐、糖和蒜末，再用烧开的花椒油和辣椒油一浇，最后点几滴香油，喷一点儿醋，又脆又香，又酸又辣，是老北京的一道物美价廉的凉菜。这是老北京人简易的泡菜，比韩国和日本的泡菜萝卜好吃多了。

当然，更重要的，冬至之后吃萝卜，在老北京人看来，更有其养生的功效，叫作这时候的萝卜赛人参。

这时候，还有另一种小吃养生功效可以和萝卜相媲美的，便是柿子。在民间有这样的方子，即在冬至这一天把柿子放在窗台上冻上，冬至是数九的第一天，以后每到一个九的第一天，吃一个冻柿子，可以止咳。这一冬天都能不咳不喘，比通三益的秋梨膏和中药房里的枇杷止咳露都灵。

萝卜

邓云乡

在北京寒冷的冬夜里，在深深的胡同中，远远地飘过来“萝卜赛梨啊——辣了换—— ”的市声，清脆而悠扬地划破夜空，传入一所所的四合院中，直到炉边，打断好友的夜谈，打断学子的夜读，也惊醒旅人的沉思……买个萝卜去，摸黑出去，开开小院门，喊住卖萝卜的。那穿着布棉袄、戴着毡帽的朴实的汉子，把肩上的背箱卸下，把手提的小煤油灯放在背箱的板上，掀起箱盖下的棉帘子，拿出一个绿皮的萝卜，左手托着，右手拿起一把小刀，用拇指贴牢，嗖嗖嗖几下子，便把萝卜皮切成一个莲花瓣形。然后再把中间的萝卜芯垂直，横竖切上几刀，这样中间萝卜芯变成碧绿、透明的立柱，连皮在一起就像一朵神话中的玻璃翠玉的花朵了。拿回来，坐在炉子边，对着红红的炉火，一面剥着萝卜，放在嘴中慢慢咀嚼，一面闲谈。那萝卜又凉、又脆、又甜、又微微带点辣味，那滋味不是我的秃笔所能形容的。《光绪顺天府志》记云：

水萝卜，圆大如葖，皮肉皆绿，近尾则白。亦有皮红心白，或皮紫者，只可生食。极甘脆，土人呼为“水萝卜”，今京师以西直门外海淀出者为尤美。

吃这种萝卜，不但滋味好，情调好，还能提精神、解气闷。因为北京冬季天寒，家家户户关门取暖。房中只有三样东西：火炕、煤球炉子、火盆。房中门窗，糊得很严密。住在里面固然温暖，但却十分干燥，煤气味很重，人并不舒服，这时若吃个又凉、又脆、又甜、又爽口的萝卜，精神便可为之一振。因之，萝卜便成为北京冬日围炉夜话的清供了。康熙时高士奇《城北集·灯市竹枝词》云：

百物争鲜上市夸，灯筵已放牡丹花。咬春萝卜同梨脆，处处辛盘食韭芽。

诗后注云：“立春后竞食生萝卜名曰‘咬春’，半夜中，街市犹有卖者，高呼曰：‘赛过脆梨。’‘萝卜赛梨啊——辣了换！’”

这种市声从清初就有，可见这已是二三百年的古老市声了。不过高士奇着重说的是立春，立春俗名打春，或在正月，或在腊月，按节气推算，在旧历上日期并不固定，而卖萝卜则一交严冬就有，足足可卖一冬天。旧时北京冬夜中，有四种市声均可入诗，作为歌风的好题材，一是卖硬面饽饽的，二是卖萝卜的，三是卖“半空儿”的，四是卖煤油的。

“半空儿——多给！”

其声穿破夜空，飘扬在长长的胡同中，也是围炉时最爱听到的市声。“走，买半空儿去！”“半空”者，分量轻而干瘪的炒落花生也，吃起来，比颗粒饱满的要香得多呢！

索溪的萝卜酸

柯云

世界风景名胜——武陵源的索溪峪，为土家族聚居区，土家人最善制作人所未见的特色蔬菜，四季萝卜酸就是其中一绝，备受游客欢迎。一些香港游客不仅吃，还要带上一些回家，他们说："可以吃厌海鲜，但永久吃不厌的是萝卜酸。"

萝卜酸历史悠久。据《湘西地方志》载："索溪萝卜酸乃土家佳肴，为土王所钟爱也。"

由于索溪土地肥沃，雨量充沛，种出来的萝卜个大、色鲜、味正、细嫩。据当地人讲，用这种水灵灵的萝卜泡制上乘酸菜，其成功率已达一半以上。当男人将一筐筐鲜红的萝卜挑进屋内之后，剩下的工序则由女人完成。心灵手巧的土家姑娘几乎个个都是泡制萝卜酸的能手。她们将手、工具洗得干干净净，便将鲜萝卜逐个洗刷、去叶，留下茎连着萝卜，再用绳子吊起晾干。然后用锋利的菜刀，先把萝卜切成均匀的薄片，再将萝卜片切成筷头大小均匀的颗粒，第二次用清水洗净。

泡制是四季萝卜酸最后的一道工序，也是整个环节中最关键的一着。用清洁的冷开水与醋按一定的比例配调，全凭多年实践经验，务必恰到好处。浸泡时间也非常讲究，规定几个小时，少一分也不行。除了上述泡制法以外还有用凉水、米汤泡制的。但最佳的还是冷开水泡制法。用冷开水泡制法泡制的四季萝卜酸，光亮亮，酸溜溜，甜津津，脆生生，色味俱全，奉为上品。一般是头天黄昏时泡制，次日清晨便可食用。土家人自古把制作四季萝卜酸作为土家妇女婚配条件之一，把男人能种优质的萝卜当作自己择偶的主要条件。因此，索溪峪土家男女将泡制四季萝卜酸视为生活中一件大事。当地流传的民歌道："萝卜好吃难得栽，土家姑娘人人爱。只要制得萝卜酸，天上神仙也下来。"

临北萝卜（节选）

李星涛

淮河从几十里外的蚌埠流经沫河口以后，便向北侧起了身子，袅袅地画了一道弧线。这道弧线与随着淮水运行的淮河大坝形成的图案，恰似一弯美丽的月牙儿，临北萝卜就生长在这弯月牙中。

临北萝卜生长的环境与别处的萝卜不同。首先，临北萝卜生长的土地全是淮河携带泥沙所形成的湿润的沙地，一年四季水分充足。其次，临北萝卜所施肥料一律是牛粪羊粪，而由这两种肥料滋养出的萝卜，一般一个月都不会空心。另外，临北萝卜地大都紧靠着温情的淮河，长期受到淮水弥漫出的水汽雾气的滋润，便成了远近闻名的妙物。

临北萝卜最具特色的有三种：珍珠萝卜，红心萝卜，青头萝卜。珍珠萝卜个头最小，形如灯笼，大似珍珠，故而得名。这个小巧玲珑的家伙比较娇贵，须在塑料大棚中才可以养活。每年春节前后，它们便开始在大棚里绿起缨儿，胖起身子。一进二月，它们就被一小把一小把地扎好，红红火火地上市了。这种萝卜汁水丰盈，仿佛是一张小红纸包裹起的一小汪清水。倘若将它们轻轻拍一下，和淮河中的河蚌一起烧出来，其味更是妙绝。那小萝卜被河蚌的鲜味浸润透了，爽滑，清朗，味道比河蚌还要鲜美。那汤色白如乳汁，喝上一口，萝卜的甜味，河蚌的鲜味，一时间融合在一起，让人欲罢不能。

与珍珠萝卜相比，红心萝卜就显得雍容华贵了。它和珍珠萝卜虽然形体相似，但要比珍珠萝卜大十倍。珍珠萝卜的肉质白得似雪，而红心萝卜的肉质却红得鲜艳，那种红不尖锐，融有淡淡的浅紫，并氤氲着雾一样的粉色。好像是把萝卜种植在早晨的霞光中，吸收进了彩霞的营养才长成的。谁能想到，在它那淡青淡青的皮肤下面，竟会藏着如此色彩斑斓的肉质。家里来了客人，洗上几个，咔嚓几声，切成三棱块状，红艳艳地摆放在盘子里，临北人骄傲地称之为：淮北苹果。

与前两种萝卜相比，青头萝卜最让临北人引以为荣。这种萝卜身材修长，形如圆柱，粗如手臂。青头萝卜，春末播种，初夏孕胎，盛夏长大，中秋过后才可收获。收获后的萝卜要窖至冬天的大雪才可上市。只有窖过以后，青头萝卜独特的味儿才会出来。青头萝卜的头部较青，颜色深如碧玉，越往下，颜色越浅，到了根部，已变成了淡淡的月牙黄。这种萝卜的肉质较脆，有一种叫作高脚青的品种，不小心从秤盘中掉下来，就会摔成几瓣。它的肉质颜色比表面深，像是又青又绿的液体的凝固，有着玉样的质地。 切开来，丰盈的汁液从碧青的颜色中就要滴下来，又克制状地忍着，保持着冰水相融的状态。吃上一口，你便明白什么叫作甜润，什么叫作爽口。每年冬天，临北人都会将青头萝卜洗净，沿着津浦线，一车皮一车皮地运到昆山、上海，让临北这青头萝卜，用它们特有的青汁去滋润江南那一片吴侬软语了。

“小萝卜头”（节选）

忆明珠

“小萝卜头”，这里指的是扬州出产的一种小酱菜，郑重点儿该叫它作“甜酱萝卜头”。扬州小酱菜品种颇多，“小萝卜头”是其中之一，似乎尤为鲜美可口。这说法，虽不排斥我对“小萝卜头”的特殊感情，但绝非仅属我个人的偏爱。感谢扬州，给了我这么好的“小萝卜头”；我也感谢“小萝卜头”，因它才使我识得了扬州。又因识得了扬州，反转来使我更爱上了扬州的“小萝卜头”。这是怎么回事呢？说来话长。

一九四九年四月渡江战役前夕，我随军南下，部队至六合后，即沿长江北岸朝上海方向挺进，扬州是必经之地。这座文化古城，我自小从文学作品中，从历史、地理书上早已闻名了。但当身临其境的时候，我却并未向它激动地大喊一声：“久仰！久仰！”好像无动于衷。也许由于经月的连续行军，疲惫不堪，匆匆中没工夫也没心思为它徘徊沉吟，发怀古之幽思的。总之，我现在搜寻不出任何初见扬州时所留下的印象，连从哪条街上走过都回忆不起。只记得走到离扬州不远的仙女庙，由于仙女庙这具有神秘色彩的名字的诱发，倒胡思乱想开了。年轻时对神仙中的女流之辈，好像很感兴趣，颇作了一番研究。仙女们既非凡人，神通总有一些。但我以为她们的神通还是小些为好。女娲，能把顽石炼成药膏，贴住天上的窟窿；又能抓把黄土搓搓揉揉，造成人类的祖先。具有这般广大神通的女人一仙女一女神，你试闭起双眼设想一下她会有个什么样的长相，不把你吓得喊“妈”才怪呢。仙女们之中最漂亮的，应推巫山神女，而她的神通也不过朝能行云，暮能行雨，朝朝暮暮，云云雨雨而已。以此推论，仙界女流其神通之大小与模样之妍媸，适相背反。那么，此仙女庙所供奉之仙女何许人也，神通若何？红尘嚣嚣，黄埃滚滚，觅侯万里，未若寻花陌上。所以我宁愿这仙女少几分本事，多几分姿色，令人每一念及她的仙容玉魄，便如对光风霁月般杂念顿消而心旷神怡。然而仙女之有姿色者，难免有点杨花水性；有点杨花水性者，又难免遭受天谴。遭受天谴的仙女谪落人间却无碍于她的受册封、享庙祀，供之以鲜花，献之以心香，礼之以跪拜叩首，这天人之际的种种关系，以常规、常理揆度，简直说不清……轰轰！哒哒哒！哒哒哒！……敌机在前面扔下几颗炸弹，扫下几梭子弹，这才打断了我的“意识流”。

五十年代上半期，我在苏北某地工作，多次乘长途汽车经过扬州。都是暂停，汽车进站，上下客完毕，即又上路。直至一九五五年，因接洽一件公事，专程来扬州，一住好几天。这次是“下马看花”，又逢上国庆节，可逛的地方大都逛到了。当时新中国才几岁，我也算是“风华正茂”，从社会到个人都充满了凌云壮志，因而也都带有点“喜新厌旧”的倾向。扬州有的是旧房子、旧街道、旧楼台亭阁以及种种旧款式的什物、摆设。从好的方面说，它具有古典色彩；从坏的方面说，它散发着没落气息。而新的英姿，还不曾崭露焕发。我观光过一番之后，基本上仍如以往那样漠然、茫然，若强作评说，也是信口抑扬，无可无不可的。

因为是节日，招待所食堂挂出的菜单写满了一小黑板。狮子头、虎皮肉、油爆虾、冰糖扒蹄以及红烧、清蒸、花样小炒。那时的干部基本上年轻化，出身工、农者为多，对吃这门学问远谈不上精通，只认得大鱼、大肉。我也买了红烧鸡，仅花一元钱，炊事员给盛满了一小搪瓷盆。“多了吧？”我说。“不多！”炊事员一边回答，一边拿起勺子从锅里又拨拉出两块鸡腿肉，添到我的菜盆里。卖主和买主之间，如此礼让，好像是发生在《镜花缘》“君子国”里的情景。我终究够不上真君子，占了点小小的便宜，不无愉快之感。但又担心吃不完，除了这盆鸡，还买到了别的几样菜，显然买多了，又不好意思退。与我同桌就餐的是一位中年客人，面前一菜一汤，另外是个油纸小包，他轻轻摊开来，原来包着些“小萝卜头”，即前面所说的那种小酱菜。在节日的餐厅里，旁若无人地吃着这东西，颇需要点勇敢。我主动跟他交谈，问他对红烧鸡有无兴趣，愿否帮我一道干净、彻底地把它消灭掉。“谢谢，不客气。”他对我的红烧鸡似乎不屑一顾，只管低头嚼他的“小萝卜头”。过了一会，他忽然问我：“你是外地人吧？喜不喜欢这‘小萝卜头’？扬州特产，吃吃看！”我本想以其人之“礼”，回敬其人之身，即也说一声“谢谢！”只管低头啃我的红烧鸡，而置他的“小萝卜头”不屑一顾，然而我的心肠太软，使不出“杀手锏”，为照顾对方的情面，勉强从他的“小萝卜头”里夹起只最小的。出乎意料，这“小萝卜头”味道很不坏。“怎么样，再吃吃看！”我遵从客人的意思，又吃下一只。客人很高兴，更起劲地推销他的“小萝卜头”；我也忘记了客套，接二连三地吃个不停。谈话间得知他是位作家，在武汉那边工作，扬州是他的旧游之地，早就爱上了这“小萝卜头”。这次来，每餐必备，还打算买些带回赠送亲友。我问这种“小萝卜头”哪里有买，他说这食堂里早晚都有供应，不过是切碎了的，不如整的有嚼头，这是他特地从“四美酱园”门市上买的。“四美酱园”我记起了，在大街上见过它的金字招牌。当时我对“四美”一词，很反感，认为做生意的人偏爱充风雅，装斯文，乱取店号。我向这位新交发开了议论：“开酒店，或许跟‘美’字还沾点边，卓文君卖过酒，叫做‘文君当垆’，这也只有‘一美’。‘四美’是哪几个？西施？王嫱？还是赵飞燕？杨玉环？《红楼梦》里有‘四美’钓鱼，那是在大观园里，她们总不会跑到扬州大街上来卖醋，卖酱油、酱菜的吧？不过，这‘小萝卜头’确是别有风味。”

“你弄错了，据我了解‘四美酱园’的‘四大美人’不是西、王、赵、杨，它们叫‘鲜’‘甜’‘脆’‘嫩’！”

我怔住了。

“扬州的酱菜，就高明在有着这四大特点。恐怕世上还没有一个美人敢跟这‘小萝卜头’比鲜、甜、脆、嫩。”他又夹起只“小萝卜头”，咬了一口，笑道：“你说呢？美人们脆得起来吗？能嫩多少时候！”

他未必有意挖苦我，我却简直无地自容。从脸到脖后根，到脊梁都火辣辣的。先前我觉察到“四美”这字样，有点蹊跷，可能有个什么说法，该打听打听，都怪我嘴快，“一言既出，驷马难追”，肯定会被这位客人当作笑料，带回武汉在熟人中间传播，甚至会被他写进《新笑林广记》。但，这一窘，倒使我骤然有所猛醒，我懂得了，发现了，认识了，这就是扬州！这就是我多次从它身边来去，却从不曾为我留意、为我正视的扬州！今天，因了这“小萝卜头”的教训，我懂得它了！发现它了！认识它了！不是有句口碑吗？——“吃在扬州”！

吃，是人类历史上的一个大问题，又是一门大学问、大艺术。中国史书上总啧啧乐道“贞观之治”“开元之治”，无非说在那个时期老百姓的肚子可以略饱一些。首先要吃饱，而后才可能要求吃好——开发美味领域。在饥不择食的情况下，还顾得讲究味吗？而讲究到味，则是将人类的饮食活动，从仅仅为了维持生命的动物本能的桎梏中解放出来，提高为一种美感享受，从而使饮食活动也成为人类完善和发展自身的一种创造性的事业。是的，应该叫它作事业。烹饪师傅与艺术家、文学家、科学家、哲学家、政治家一样都是事业家，都是为人类自身的完善和发展提供服务的。吃，看似小事，它标志着人类生活文明的里程，是可以“进乎道”的。为什么说“吃在扬州”呢？扬州在漫长的历史过程中拥有雄厚的经济实力，经历过金碧辉煌的岁月，植根下深厚的文化传统，并积累了丰富的美感经验。这一切，都造就了扬州人成为生活艺术家。他们会吃、会喝、会玩、会乐。“腰缠十万贯，骑鹤上扬州。”想来名不虚传。试看这小小的萝卜头，经过扬州人的手，便非一般的咸菜、酱菜可比。一般的咸菜、酱菜但有咸味、酱味，而扬州的“小萝卜头”却寓鲜、甜、脆、嫩于咸味、酱味之中，超凡脱俗，风韵独出，虽金馔玉食陈于前，也不得不让它一席之地，这难道不是一种绝妙的艺术手段和艺术处理吗？作为一门学问看，也够伟大的了！于是我不能不佩服扬州“小萝卜头”的了不起！不能不佩服扬州人的了不起，以及扬州，这历史古城、文化古城的了不起！

百吃不厌

赵健雄

萝卜是俗物，但让人百吃不厌，这“百吃”是指可以经常吃而不至腻味，另有一义即萝卜的吃法繁多，有心搜罗者，真能寻出百种来。最简单的是生吃，以去皮为好。从前穷人吃不起水果，就用萝卜顶了，目下行情却有些变化，往往萝卜也要卖水果的价了。我不知道这其中的缘由，只是有些替穷人可惜。

萝卜丝，稍加腌制，加熟油葱花生拌，是爽口的冷菜；另有一法是用白醋重糖腌他一两天，以切片为宜，如略加几块姜片，色香味更佳。这是粤菜风味，尤合于下酒。

萝卜以虾米做佐料，炒了吃也颇好。

萝卜炖羊肉，则是有名而大家都熟悉的。特别是南方的羊肉，膻味重，非萝卜不能解。至于真正塞上的肥羊，尤其荒漠草原上的，以沙葱为食，是绝无膻味的。况且那里也只出胡萝卜，遂有另一种流行的吃法，是以羊肉和胡萝卜做馅包饺子，亦可称至味。

萝卜最妙的吃法，在我看来是煲汤。洗净切块，先用白水汆过，再放进肉汤里炖烂，只需盐和少许味精，便令人不忍投箸。

这道汤实在比许多更有名气、用料也更讲究的都好喝。

目下是盛暑，并非萝卜应市的旺季。就因为又想着那汤味了，早晨去菜场上买回一些萝卜。似非本地出产的，要价在块半左右，虽不是蔬菜中最贵的，也不便宜了，觉得略有缺憾。能出少许代价而得享美食，往往有双倍的欣喜，现在只好领其半了。

人生最美妙的，多是意外收获，虽然过后又难免嫌其“轻”。种瓜得瓜之乐，纵然也欢喜，但因为一切都在预先的规划中而多少有些乏味了。

大萝卜

刘枋

一般人都开玩笑地叫南京人“大萝卜”，问其原因，说是因为南京出产的萝卜既大且美。可是笔者搜索记忆好像并没这么回事，倒是今天台湾的萝卜，颇堪当此美誉。

住过北平或天津的人，一定心里会承认这两个地方才是真正产好萝卜。北平的萝卜好在种类多，像今天台湾菜市上这种白萝卜，那儿叫作象牙白，是专供菜用的；另外一种皮作浅粉红色的，叫变萝卜，也只能熬炒；另外绿皮红肉的心里美，又甜又脆，是水果的代用品；像拇指样大小，红皮白肉顶着几片绿缨的，叫小水萝卜，是可生吃，又可汆汤；还有和小水萝卜品质相像，作小圆球状的萝卜球，是拍碎糖醋腌拌的专利品。天津的萝卜只有一种，表面碧绿，生吃稍辣而脆，比甜味的心里美还够味，熟食只有做汤，而这汤的色和味都是别的任何一种汤所没有的。

记得家居天津时，海米萝卜汤是经常见于饭桌上的。

绿萝卜连皮刨成细丝，用猪油略加煸炒，即放水加海米滚煮，煮成后汤漾碧波，其悦目无法形容。因为它绿得鲜，绝非菠菜的那样苍黄暗绿。不过，如用素油炒，则大为减色。

目前本省菜市中也偶见绿萝卜，可是水分不足，生吃太辣，煮汤色素也嫌不足。

白萝卜煮汤，不必谈谁都知道，切块煮排骨，切片煮开洋，切丝煮鲫鱼，可以说是无所不宜。不过，笔者却觉得纯素的酸辣萝卜汤，才真是以萝卜为主的。这汤的做法是刨萝卜成细丝，锅中水滚，加入适量的盐，然后再放入萝卜滚煮，这是因为白水煮萝卜会有一种臭气。在起锅之前，加麻油、醋、芫荽花、韭菜末等，最后撒上胡椒粉。

北平人吃汤，很喜欢加芫荽、韭菜等借以提味，正如同有的地方喜欢加蒜叶一样。不过有个原则，就是大荤的汤，像鸡汤、牛肉汤等则免。

萝卜块红烧肉，萝卜片炒肉片，萝卜丝炒肉丝，大概人人都会如此吃。不过，萝卜切成粗条和小鱼块熬煮，酱油、盐、糖加得够味，火候到家，是下饭的一种美食。天津卫的贴饽饽熬小鱼子就是如此。萝卜丝饼是南方点心，萝卜馅饺子是北方人土吃，萝卜丝加面粉、细盐、胡椒调成糊，在油锅中塌饼，则是一般家庭都可以做来尝尝的东西。

此外白水煮萝卜丝或片，煮到臭味极浓，冲冰糖，给伤风咳嗽的人上床前服用，是发汗止嗽的极妙单方——不过这已不在谈吃范围之内了。

萝卜赛梨

张拓芜

萝卜是道很贱、很普通的菜，任何人都吃得起。无论刨了丝生炒，剁了丁丁片片的腌渍，滚刀切的红烧或炖汤，都很下饭；要是冬天用来烧牛羊肉，那就更变得不可方物了！萝卜吸味而不抢味，不管配什么，都能搭配得很好。好似一个硬里子配角，既不抢主角的风头，也不把自己贬得那么瘟，不卑不亢，恰到好处。

前年夏天，我追随散文家琦君、诗人洛夫两位大家之后去高雄作了趟“文艺秀”。两个男人抽烟，琦君在两支烟枪的“熏陶”中直皱眉头，打开一个盒子，盒子里叠放几片腌了的萝卜。她跟我们大赞萝卜的好处，并与我们分食。刚好我是个好啖萝卜者，这就一路谈萝卜谈到了高雄，倒忘了在散文写作方面多向她请益了。

吃萝卜，说得上是经验丰富。乡下的冬天，没什么水果，有梨什么的，却不是我们小孩子所能吃得起，菜园里拔个冻裂了嘴的萝卜解解馋吧。

北方人常说萝卜赛梨，我想卖萝卜的人有些夸张。萝卜再甜，也甜不到梨的那个程度。虽然北方也盛产梨，但价格总比萝卜高出许多，所以萝卜赛梨云云，也极可能是一种心理补偿作用。

冬天烤火炉，总有人大啖生萝卜。起初不明其意，后来才得知烤火太久，容易上火，唇干舌燥，亟需一些水分来补充，而萝卜又能通气，生食熟食均无害。

萝卜要连着皮吃才够味。我看不得人家吃萝卜削皮，我把削掉的皮收拢、洗净、晒干，然后放些辣椒粉、蒜瓣、盐、糖等腌起来，三四天后取来佐稀饭，既香又脆的，那是无上妙配。

北方的落子戏有一句“腊月里的萝卜冻（动）了心”，是既写实又浪漫得教人遐思。萝卜经过霜打雪压冻了心，皮肉俱脆，要是外皮冻裂了口子，那更完美；不但减低了辛辣，生吃后嗝也打得较少。萝卜就这点讨人厌，它通气，向下通也往上通！

南京人被戏称为大萝卜，像四川的耗子、河南的骡子一样成为名闻遐迩的地区标志。是南京出产大宗萝卜抑或出产特大的萝卜？至今仍不明就里。询之于南京人亦得不到满意的答复。倒是南京出产一种小而浑圆，像个小陀螺似的洋红色红萝卜（不是胡萝卜），在南京搭火车，无论往北（京浦线）往东（京沪）或往西（江南），在每个大小车站都可看到手持串串叫卖萝卜的小贩。这种萝卜除了甜而脆，最大特色便是生吃不会打嗝，但它小得像婴儿拳头，不能称之为“大”萝卜。

真正出大萝卜的是我们那儿一个没有地名却又大大有名的小沙洲，萝卜有多大呢？我八九岁的时候有我身高那么高，一只手抱不过来。

在格栗树到邵村之间的村道边上，有一个占地约二十亩的沙洲，地当边河与小溪的三角地界， 成年累月地冲积而成。因系新生地，故未取名，但却是大大有名。它的名因它所生产的产品与季节而定，譬如油菜花满地黄，就叫它油菜洲，生产菜瓜时就叫菜瓜洲，生产萝卜时就叫萝卜洲。这地由附近十几户农家占地耕种，由于土地肥沃，所产农作物均极饱硕，且不须施肥。

十几户农家似乎开了会决议，下一季种什么，整块洲全是清一色，且几乎同时翻地，同时播种，同时收成。站在河边一眼望去，总是同一个样子，它的地名便在此时给叫唤出来，到下一季换种别的也就跟着改了名。

这里的萝卜和菜瓜都比别处的硕大，尤其是萝卜，每年都要出个萝卜王，出在哪家的田里，便由这家出资唱一台“托菩萨戏”（手托的木偶，唱的却是正统的京戏）。请班子唱一台戏所费不多，但荣耀和宣传的意义却很大。左邻右村的都在帮着做义务宣传“今年的萝卜王出在某家”，这一家的萝卜便一抢而空。

这一天的萝卜王真神气得透顶，披红挂彩，端坐中央，它头上的萝卜叶子未切除，身上的泥土依旧，“戏台”正面对着它，搭了棚给它遮阳挡雨，还摆了香案，今天让它风光享受个够。

这个萝卜虽然身躯庞大，但体重却不成比例，只有三十来斤，里面大半儿是空的，不空也只是些棉絮般的萝卜肉充塞着。至于风味如何，那就不必提了。空心萝卜不但味苦涩，而且像嚼一团破棉絮！但是，我们岂能要求太多，它的硕大无比便是最完美的成绩，虽然大而无当。

萝卜叶（我们泾县土话叫萝卜缨子）也可食，味道有些涩苦，必须大力搓揉，把绿汁挤掉；拌大蒜辣椒素炒，风味不逊雪蕻，只是人们大都弃之不食，太可惜了。

萝卜汤的启示

梁实秋

抗战时我初到重庆，暂时下榻于上清寺一位朋友家。晚饭时，主人以一大钵排骨萝卜汤飨客。主人谦逊地说：“这汤不够味。我的朋友杨太太做的排骨萝卜汤才是一绝，我们无论如何也仿效不来，你去一尝便知。”杨太太也是我的熟人，过几天她邀我们几个熟人到她家去餐叙。

席上果然有一大钵排骨萝卜汤。揭开瓦钵盖，热气冒三尺。每人舀了一小碗。喔，真好吃。排骨酥烂而未成渣，萝卜煮透而未变泥，汤呢？热、浓、香、稠，大家都吃得直吧嗒嘴。少不得人人要赞美一番，并且异口同声地向主人探询，做这一味汤有什么秘诀。加多少水、煮多少时候、用文火、用武火？主人只是咧着嘴笑，支支吾吾地说：“没什么，没什么，这种家常菜其实上不得台面，不成敬意。”客人们有一点失望，难道说这其间还有什么职业的秘密不成，你不肯说也就罢了。这时节，一位心直口快的朋友开腔了，他说：“我来宣布这个烹调的秘诀吧！”大家都注意倾听，他不慌不忙地说：“道理很简单，多放排骨，少加萝卜，少加水。”也许他说的是实话，实话往往可笑。于是座上泛起了一阵轻微的笑声。主人顾左右而言他。

宴罢，我回到上清寺朋友家。他问我方才席上所宣布的排骨萝卜汤秘诀是否可信，我说：“不妨一试。多放排骨，少加萝卜，少加水。”当然，排骨也有成色可分，需要拣上好的，切萝卜的刀法也有讲究，大小厚薄要适度，火候不能忽略，要慢火久煨。试验结果，大成功。杨太太的拿手菜不再是独门绝活。

从这一桩小事，我联想到做文章的道理。文字而掷地作金石声，固非易事，但是要做到言中有物，不令人觉得淡而无味，却是不难办到的。少说废话，这便是秘诀，和汤里少加萝卜少加水是一个道理。

葛沽的萝卜

王雁题

葛沽的萝卜很有名，我小时候家里种萝卜，所以对萝卜较熟悉。葛沽老家有十亩地，原本应种小麦，可以四季吃白面，但是种小麦要占用秋冬春夏四季，不能再种别的，这样养活不了家中七八口人，只好种大麦。大麦初春种下夏末就可以收，生长期短，只占两季，腾下地来可以种白菜和萝卜。白菜萝卜初秋种下，到初冬就能收，为家里增加一点收入。

种萝卜首先要选种。开春选出品相好点的萝卜种下，让它出梃子，开花，结出红色的小萝卜子。晾干后，六月底收完大麦的时候，把地翻了，把土平整好。七月份种下萝卜子，根据旱情，浇几次地，就开始出苗了。这时要间苗，留下壮苗，间去弱的，每个苗之间留出萝卜大的地方，然后用大粪掺灰土，合成肥料，上到地里， 再浇灌几次。到霜降前，萝卜就成熟了，可以拔了。

萝卜刚拔下来又涩又辣，还需要道很重要的工序：挖个大土坑， 把刚摘下来的萝卜放进坑里，上面撒上一层细土，然后浇上水，待湿土冻上了，再撒上一层细土，浇上水。这样如此反复几层湿土的覆盖，随着天气渐冷，不断续土，如同给萝卜盖上一层暖被。萝卜在坑里适当的温度下，内部的糖分自动分解出来，才完成它全部的生长过程。葛沽有句谚语：“白菜入窖，萝卜入坑。”每年一过霜降，初冬季节，正是收萝卜白菜的时候，白菜都要进菜窖，萝卜都要进萝卜坑，不然，收下的萝卜白菜不成熟，不好吃。

到了“入九”前，海河尚未封冻之时，就有天津贩菜的商人乘船下来收购萝卜了。这时，掘开萝卜坑，挖出萝卜来，再看都是湛绿清亮的上顶黄嫩叶下挂细白须的大青萝卜，细长筒形，上如翡翠，下如白玉，皮细瓤脆，脆得扔地上就裂开，切开了上面都汪着水，咬一口细甜赛冰糖，嚼一口爽脆赛鸭梨，这才是地地道道的葛沽萝卜！批发商们整船整船地把葛沽萝卜沿海河运到东浮桥菜市码头，批发给小商贩们，天津市面上就开始看到葛沽萝卜了。

每到冬季，老天津卫的人们就能听到海河边或大街小巷里传来小贩们的吆喝：“崩豆萝卜！”天津人管萝卜的

“卜”念“bei”，“张记崩豆葛沽萝卜”。那时候没有电脑电视，收音机也不是家家都有，在隆冬季节的晚上，人们坐在家里嚼崩豆，吃萝卜，喝茶水，聊大天，全家其乐融融，是普遍的消遣方式。萝卜消食化痰通气，是最好的休闲食品，尤其在澡堂子里刚泡完热水澡出来，心焦口燥，来上几片刚上市的葛沽萝卜，立马清心败火，生津止渴，再喝上几口茉莉花茶，嘿，“萝卜就茶，气得阎王满地爬”。（王雁题口述 王曦 王晔记）

萝卜谚

聂凤乔

上

萝卜，是我国土生土长、分布广泛、品种良多、利用充分的一种蔬菜，又是谚语最丰富的一种蔬菜。

"萝卜快了不洗泥"?

我国是萝卜的起源中心。

萝卜是我国最早栽培的蔬菜之一。

然而，有人说"萝卜"这个词是外来语的译音，又有人说萝卜这个词出现于宋代。如果以"萝卜快了不洗泥"的态度读书，一看就过去了。"洗洗泥"呢，便发现问题：大谬不然。外国语中，英语萝卜叫：radish。法语：radis。德语：Rettich。俄语：редька。日语：大根。拉丁文学名是Raphanus sativus。没有一个像"萝卜"的发音。

阿拉伯语、印第语也都不是。看来还得从我国找。

编成于春秋时代的《诗经》中的《国风·邶风·谷风》章，有一句："采葑采菲，无以下体。"其中的"葑"，是芜菁；"菲"，一般认为是萝卜。《诗经》中的民歌早在民间流行，那说明萝卜做菜，至少西周时便已经有的了。还有《诗经·小雅·信南山》中的"中田有庐，疆场有瓜"。据郭沫若在《奴隶制时代·蜥蜴的残梦》中的看法："我觉得解'庐'为芦菔，恐怕还是要妥当一些。"倘果真，则周代已经用萝卜做腌菜。

成书于汉初的《尔雅》上，至少有三处提到萝卜，并有东晋郭璞的注：

> 葖，芦葩。[注]葩，宜为菔。芦菔，芜菁属，紫花大根，俗呼雹葖。
>
> 葍，蔔。[注]大叶白华，根如指，正白，可啖。
>
> 菲，葸菜。[注]菲草，生下隰地，似芜菁，华紫赤色，可食。

西汉扬雄的《方言》中也记有："（芜菁）其紫华者

谓之芦菔，东鲁谓之菈遾。”

资料还有许多，不必引了，这些足可说明我国原来就有萝卜，萝卜绝非外来语。而且萝卜与芦菔音也相近。至于萝卜这个名词也绝非出现于宋代，北魏贾思勰的《齐民要术》已经有“种菘萝卜法”和“菘根萝卜菹法”。唐代孟诜的《食疗本草》也有萝卜之称。所以说宋代出现，恐怕是根据罗愿的《尔雅翼》，那上面说：“葖，芦葩。《尔雅》释曰紫花菘也。俗呼温菘，似芜菁，大根。一名葖，俗呼雹葖，一名芦菔，今谓之萝卜。”毛病出在这个“今”字上。宋时萝卜之称确已很普遍，孟元老的《东京梦华录》反映了菜名中有“姜辣萝卜”，茶肆酒楼中有卖萝卜的；《广韵》上指出“秦人名萝卜”；后蜀成书的《蜀本草》（934）也说：“莱菔，俗名萝卜。”我认为，萝卜之称汉晋之际即已出现，由于是老百姓间俗称，不为编撰诸家所采录。

“一个萝卜一个坑”？

这说明，一个萝卜不会有两个坑，或者一个坑里不会有两个萝卜。一般地说是这样，可有时又不如此。

维吾尔族有句谚语“萝卜拔了坑在”。这就很合乎逻辑。

例如，萝卜起源，也即人类对野萝卜的驯化，是不是只有我国呢？不一定。山东农业科学院已故的李家文在他的《中国蔬菜作物的来历和变异》[1]一文中说，中国是萝卜的第二起源中心，产生了大型秋冬萝卜“变种”。理由是在我国古籍中只有大型萝卜，而没有小型萝卜的记载。那么，第一起源中心在哪里？他说在欧美各国，在那里产生了小型的四季萝卜。把中国编派为“第二中心”，表面理由是中国古籍，其实是从“变种”来的。所谓变种，即在拉丁文的学名后面，加个“var.”，再赘上新种的名字；也就是说，萝卜这个名字是瑞典植物学家林奈取的，以后的发现，有些就成为“变种”了。这实际上取决于发现的先后，并非萝卜各个不同品种自身产生的先后。虽然有些学者作过产生先后的考证，大都没弄清。

一九七二年版西北植物研究所编的《秦岭植物志》，干脆说萝卜“原产欧洲”。

事实上，这是个在西方很有争议的问题。一九五七年版吴耕民的《中国蔬菜栽培学》上曾提到康道尔（De

---

[1] 见于一九八一年第一期《中国农业科学》。

Candolle）认为原产地是西亚，由此传播于东西各国；但又提出“至其原始种，学者亦各异其说。现今多数学者则认（为）欧亚温暖海岸地所生野萝卜为其原始种……”在这些学者争议的时候，中国在公元前1000年上下已经有萝卜了，古籍记载如《尔雅》所述也不只是一个品种。据西安半坡发现，五六千年前已经贮藏有十字花科植物白菜或芥菜种子的民族，进而驯化另一十字花科植物萝卜，并非不可能。说欧洲是“第一”起源中心，不知根据哪些史料。

近年又有一说是西方的萝卜是由中国传过去的〔如一九八二年第四期《世界农业》，李璠：《中国主要栽培植物的起源和传播（中）》〕。此说亦乏佐证。我赞成多中心说，即时间尽管有迟早，其他民族未必无所发现。马欢的《瀛涯胜览》上有：“天方国（今阿拉伯半岛）……果有萝卜……”明《一统志·哈烈国（今阿富汗）记》：“土产……萝卜（大者重十斤）……”这些萝卜也许是中国传去的，也许是他们自产的。据北宋苏颂所述，印度也早有萝卜，且已知道它的性能。

“一个萝卜”并不一定只是“一个坑”，倘若它在生长过程中，碰到什么坚硬的障碍，地下茎就会长成两杈三杈。

这样的萝卜人人都见过，拔它起来也就会留下两个坑三个坑，或者说一个坑里拔出了两三个萝卜。至于谚语所云，一仍其旧吧。

“大萝卜还用屎浇”？

《红楼梦》第一〇一回上，贾琏说：“是了，知道了。‘大萝卜还用屎浇’？”那意思是聪明人用不着别人来教（浇）。倘若真是种萝卜的，这句话全错了。农谚说“萝卜一生肥”，“萝卜肥里生，肥里长，肥里熟”（鄂）；“萝卜不用问，满月三次粪”（皖）；“要想萝卜大，多把粪来下”（豫）；“粪大萝卜粗”（川、陕、甘、宁、冀）；等等。

关于种萝卜，各地农谚是数不胜数的，而且都是实践中提炼出来的语言的珍珠。说到种，元代维吾尔族人鲁明善撰写的《农桑衣食撮要》上有“十耕萝卜九耕麻”；现在的有“萝卜是根，耕地要深”，“种萝卜，没有巧，只要菜田办得好”，“生地萝卜熟地瓜”。关于锄草松土有“萝卜怕痒，越锄越长”，“萝卜不捞根，光长萝卜缨”，“萝卜锄三变成梨”，说明勤锄不仅促进长大，而且与质量有关。说到浇灌，有“萝卜性情暴，常要水来浇”，“寒露未到，萝卜下浇”。这些都是科学种田的结晶。我种过几年萝卜，按这些农经办事，年年丰收，吃不完腌萝卜干，腌不完还送人。我体会“大萝卜定要屎浇”。像贾琏那样狂妄自大、不知稼穑的公子哥儿，对贾府来说，只落得成事不足，败事有余。

即如萝卜异名之众，品种之多，本领之大，学习过程中给我的教益丰富而又充实,对它的认识也远远没有完成。先说它的名称,除前面已经提到的,还有:土瓜(《尔雅注》),莱菔、紫菘（《唐本草》），宿菜（《诗疏》），菔（《唐韵》），紫花菘（《本草纲目》），萝蔔、楚菘、秦菘（《本草图经》），荠根（《说文》），罗服（《潜夫论》），萝瓟（《汉书》晋灼注），葖子（周密的《癸辛杂识》），萝白（《广州植物志》），还有来服、春莲花、满阳花等。

元代《王祯农书》曰：“北人芦卜，一种四名：春曰破地锥；夏曰夏生；秋曰芦卜；冬曰土酥，谓其洁白如酥也。”这后一个名字早见于杜甫诗：“长安冬菹酸且绿，金城土酥净如练。”金城乃兰州。

萝卜还叫“张知县菜”，见于沈括的《梦溪笔谈》上所记的一个故事：

> 忠定张尚书曾令鄂州崇阳县……（农）民有入市买菜者，公召谕之曰：“邑居之民，无地种植，且有他业，买菜可也。汝村民，皆有土田，何不自种而费钱买菜？”笞而遣之。自后人家皆置圃，至今谓芦菔为“张知县菜”。

这个故事说明了这位封建县官颇具经济学头脑。回忆十年动乱间，我们有的人竟然将人家“置圃”全打成“资本主义尾巴”，连这位县官都不及，惭愧。

可能还有，容再读书、访求。

品种，萝卜恐怕是蔬菜中最多的一个。按季节分有春萝卜、冬萝卜、水萝卜、四季萝卜等；按用途分，有菜用、果用、腌制用等；还有按形状、按产地、按色泽分的。《北京主要蔬菜品种介绍》上，光萝卜就列举了二十三种。全国则不知有多少。外行先从颜色看，白的有“透顶白”，红的有“灯笼红”。清代孙樗的《余墨偶谈》记有“扬州土人谓萝卜小而红者为女儿红，自初冬卖至晚春，其色娇艳可爱”。清人檀萃所撰《滇海虞衡志》记着云南产的一种红萝卜“颇奇，通体玲珑如胭脂，最可爱玩，至其内外通红，片开如红玉版，以水浸之，水即深红”。《宁州志》上也有相似者，“萝卜红者名透心红”。天津则有一种“紫水萝卜”，皮肉全部深紫色，由于“紫水”二字声母与“子孙”一样，便有了“宜男”象征，带“多福多寿多男子”的吉祥味，常被选作立春日“咬春”的食品。天津还有种“青萝卜”，皮肉皆绿。青与紫本难协调，可是“心里美”却是青皮紫心。北方还有些萝卜是紫皮绿心的，白皮紫心的，白皮绿心的。我童年在故乡苏北里下河吃过一种蓝萝卜，个头不大，都是扁形，仿佛用蓝靛染过一样，吃后手指口齿都蓝了。可是便宜，也好吃，到现在也不知道是天生的色儿还是染上去的。据说有种“黑萝卜”（R. s. var. niger），没见过，不知是不是黑色的。有种“二缨子”和“河防口”萝卜，外皮则带有黄色。这可真是“赤黑黄绿青蓝紫”都有了。

论个头，有小到和纽扣一般大小的西北的“红蛋蛋”“白蛋蛋”，大的有几十斤重的像象牙一样的“象牙白”。论形状有滚圆的，扁圆的，长圆的，有纺锤形的，有爆竹筒状的，有耙齿样的。而地方名种就更多了，信手拈来如天津“沙窝青萝卜”、安徽“枞阳大萝卜”、广州“耙齿萝卜”、广东新会“甜水萝卜”、江西南昌“涂洲萝卜”、山东潍县“高脚青萝卜”、南京“杨花萝卜”、北京“心里美”、湖南益阳“黄泥萝卜”、浏阳“砂罐萝卜”、青岛“大青皮”、浙江萧山“青头鸭蛋”、镇江“埋头白”、广东台山“潮境萝卜”……当然是很难在短短篇幅内列举的。这些地方特产，都各有其特点，历史都比较悠久，许多还是出口物资，深受海内外欢迎。至于许多品种的名称，除了已经提到的外，还有什么“蜡烛红”“天鹅蛋”“紫芽青”“青皮青”“大红袍”“青皮脆”“露头青”“爆竹筒”等。还有个“穿心红”，跟“透顶白”对仗工稳，是很工整的一联。这些名称俏美贴切，大都是农民形象思维的作品，而且音韵铿锵，色调鲜艳。倘让一位文人来命名，怕很难得此佳构。我打心底承认，在这上面“吾不如老圃”。

“一丘萝卜一丘芋，年前勿用开钱柜”

在人类生活中，萝卜的用途同样很多。作食品和作药用后面再说，先一般地谈谈。

农作物中，萝卜的作风十分泼辣，再由于它品种良多，因此在全国任何地方，只要你播下种子，它就能给你提供收获，并且很丰富，几千斤很容易，勤加务劳，万斤亩产也不困难。如今，北至黑龙江畔，南至西沙群岛，西至喜马拉雅山（上限在4760米处），都有它的营寨。一九六〇年代初我在青海湖西铁卜加草场，参加了一次藏胞收冬萝卜的劳动。萝卜之多，小伙子们来不及弯腰拔，干脆用脚踢，一脚一个。肥硕的果实，丰盛的收成，使许多帐房里洋溢着嬉笑。萝卜能给人带来欢愉，也能给人以巨额收入。

萝卜能提供较好经济价值，这在古代就已为人们所关注。《隋书·张威传》所说的张威在当青州总管时，很治了些产业，包括让奴仆卖萝卜。五代末陶谷撰著的《清异录》则记有王爽"善营度"，不让孩子们去当官出仕，每年只种"火田玉乳萝卜、壶城马面菘，可致千缗[1]"。难怪元人王祯在《农桑通诀》说："蔬茹之中，惟蔓菁与萝卜可广种，成功速而为利倍。""芦菔南方所通美者，生熟皆可食，腌藏腊豉，以助时馔，凶年亦可济饥，功用甚广。"《齐民要术》上还标了价："秋中卖钱，十亩得钱一万。"这

[1] 缗，音民，穿钱绳子，也指穿好的钱，一千文为一缗。

需要古货币学者帮助换算，可值今天人民币多少？估计少不了。现在有的地方就说："要得富，种萝卜。"

西方，对于萝卜也有充分估价。传说太阳神阿波罗是医生的亲戚，他把萝卜视同金子，冬油菜视同银子，芜菁视同铅。这主要是从这几种蔬菜的医疗价值来衡量的。其实，在某种情况下，萝卜的身价远远超过黄金。笛福在他写的《鲁滨孙漂流记》中，就通过那位流落荒岛的人的思路，表述了他的认识：

> ……我有一包钱币，金的也有，银的也有，大约值三十六金镑。可是，这些倒霉的无用的东西，至今还放在那里，对我一点用处都没有；我常常想，我情愿用一大把金钱去换……价值六便士的英国莱菔和红萝卜种子……

三十六金镑去换六便士（英国货币，一百便士等于一镑），真是"萝卜当做人参卖"了。这说明货币的基本职能，在劳动产品如萝卜面前，有时是无所施其技的。当然在商品社会里，这只是特殊情况，可是却揭示了事物的本质。

也有说萝卜坏话的。“五月的萝卜空了心”，“空心萝卜——不中用”，“糠了的萝卜——没大辣气”之类。这是因为这些萝卜质量降低了。所以俗话又说“买萝卜要拣重的，买西瓜要拣轻的”。贬低萝卜的还是著《农政全书》的徐光启，他说：“萝卜克气耗血，不如蔓菁十倍。”萝卜对人体是不是这么糟糕，后面谈到；以今天来验证，蔓菁显然不如萝卜风光。

在实际生活中，萝卜的用途还很多。旧社会的穷苦人家，常在它身上雕刻几刀，作为灯台或烛墩。有的主妇将它带芽的一头切下养在水盘中作为案头清供，使冬天室内点缀上绿色，有时甚至开几朵花。至于家庭养花，萝卜是你很好的助手，它的身躯是甚妙的扦插基础。这早见于古籍。《农政全书》有记录：“春花以半开者摘下，即插之萝卜上，实土花盆内种之，灌溉以时，花过则根生矣。不伤生意，又可得种，亦奇法也。”

在这以前，元代《农桑衣食撮要》上已有这个方法，是用于签（扦）诸色果木的：

拣好嫩枝条，签（扦）于芋头或萝卜头上，

栽易活。

脑上用箬叶包之。若签（扦）诸般花枝接头亦得。

还有个古来就有的方法是用萝卜去衣服上的油迹或血迹。前者是用萝卜煮水浸洗；后者是白萝卜切丝，加些盐，挤出液汁，再用萝卜丝和液汁一同擦洗，血迹就能去除。

萝卜叶切碎晒干，孩子冷天洗澡时放在水里，不会觉得冷，还愿意多洗一会儿。

由于萝卜中含有一种特殊化合物——a-异硫氰酸苯酯，具有较强的杀虫能力，对家蝇、体虱、蚜虫、小甲虫和蟑螂等害虫都有效，而且击倒力快，杀伤力强，对人类绝对安全，对作物没有药害，是一种理想的杀虫剂。医生曾用萝卜泥治阴道滴虫，取得和药物几乎一样的效果。

萝卜又是一种优良饲料。

要写下去还有；而有关萝卜的一切以及它究竟有多大能耐，人们还在认识之中。一个人所能懂得的实在是太有限了，只能是“烂泥萝卜揩一段吃一段”。

中

有些人在赌气的时候，会冒出这么句话："我就不信'离了萝卜摆不了席'。"

这话至少有两方面的理解，一方面是摆席有时可以不用萝卜，另一方面是有的席要摆则非用萝卜不可。

"离了萝卜摆不了席"

"萝卜当做人参卖"，是指责以赝充真。这使我想到了用萝卜"冒充"燕窝的"洛阳燕菜"。那是据说已有一千多年历史的中州名菜，是洛阳"水席"二十四道名菜中的头一碗，也叫"牡丹燕菜"，是从"洛阳牡丹甲天下"来的。加拿大总理特鲁多一九七三年到洛阳参观，曾有幸品尝到名厨崔学礼、王胡子为他做的燕菜，称赏不已。请问，"水席"能离了萝卜吗？显然不能。

这个菜，传说是武则天时，御厨用一位农民贡献的特大萝卜烹制的，配以不少山珍海味。女皇吃了觉得很像燕窝，赞美之余，赐名"假燕菜"，由是传了下来。萝卜煮熟后有饱吸配料鲜味的特点，加之吃口嫩而柔滑，可真是像燕窝。现在的“洛阳燕菜”配料有鸡、肉、海米、蹄筋、兰片、鱿鱼、海参、紫菜等，可切丝的都切丝。不过，我对武则天之传说觉得虚妄，因为毫无史料可稽。倒是另一位女皇——慈禧，却有一段关于萝卜的记述，见于德龄著、张恨水译的《御香缥缈录》：

> 萝卜这样东西，原是没有资格可以混入御膳中来的，因为宫里面的人向来对它非常轻视，以为只是平民的食品，或竟是喂养牲畜用的，绝对不能用来亵辱太后；后来不知怎样，竟为太后自己所想了起来，她就吩咐监管御膳房的太监去弄来尝新。也亏了那些厨夫真聪明，好容易竟把萝卜原有的那股气味，一齐都榨去了；再把它配在火腿汤或鸡鸭的浓汤里，那滋味便当然不会差了！

从这些叙述里可以看出，萝卜成了“燕菜”是很接近的，也是皇宫、女皇，只怕比武则天更可信些。

袁子才说萝卜可与鱼翅乱真。《随园食单》的《鱼翅二法》的第二法是："一纯用鸡汤串细萝卜丝，拆碎鳞翅，搀（掺）和其中，漂浮碗面，令食者不能辨其为萝卜丝、为鱼翅……萝卜丝须出水二次，其臭才去。"这个臭，是其所含芥子油造成的。萝卜臭不受欢迎，芥子油却是促进食欲、帮助消化的好东西。另一节《鸡圆》中也用萝卜："斩鸡脯子肉为圆，如酒杯大，鲜嫩如虾团……法用猪油、萝卜、纤粉揉成，不可放馅。"这里，萝卜起着肥肉的作用，以缓和鸡肉均瘦的缺陷。

萝卜配海鲜，二者相得益彰，而且自古已然。除掉前二者，唐代《食疗本草》上也有："淡菜，常时烧食即苦不宜人。与少米先煮熟，后除去毛，再入萝卜或紫苏或冬瓜同煮即更妙。"当今菜谱上，萝卜配海鲜的菜也不少："干贝萝卜球"（淮扬菜、苏州菜），"蚌肉烧珍珠萝卜"（福州菜），"蛏干萝卜""海米烧萝卜"（甘肃菜），"蛏干橄榄萝卜"（湖南菜），等等。这些都利用了萝卜吸味的特点。家常用萝卜配烧银鱼干、蛤蜊干，效果都不差。

烧肉也是如此，"萝卜烧肉——肉不走味，萝卜也香"。"萝卜炖羊肉"，且能去除羊肉的膻味。"萝卜红烧牛肉"其味尤胜于土豆烧牛肉。川菜中的"萝卜连锅"，乳白色的汤，软烂的萝卜，配以肥而不腻、瘦而不柴的猪肉，的确是“有汤有菜，四季皆宜”的了。配鱼也是红白皆可。淮扬菜“萝卜丝鲫鱼汤”我是宁吃萝卜不吃鱼的。云南剑川县的东山产有生长在富含铁质的红土里的“东山萝卜”，细腻脆嫩；县内西湖出产美味的“西湖鱼”。二者合烹，为特具地方风味的名菜，有“东山萝卜西湖鱼”之美誉。《群芳谱》说萝卜同猪羊肉、鲫鱼煮食更补益。这对家庭烹饪有参考价值。

“萝卜掏宝盒——不是那块料。”我认为恰恰相反，正是那块料。且不论用萝卜做的名菜，现在许多宴席菜肴上的花鸟虫鱼等美化装饰，也非萝卜不办。这是利用了它的可雕性，以及白底而又易于染色的长处。一些年轻厨师已经从老一代手中将这门独特的技艺继承了下来，且有发展，其作品往往使外宾感叹不已。

“萝卜雕娃娃——饮食菩萨”,宴席上若真的少了萝卜，似乎有点美中不足了。

“萝卜烧青菜，各有心中爱”

“青菜烧萝卜——一清二白”，“萝卜烧青菜，各有心中爱”。这些，反映了人们对这种极平凡的家常菜的昵爱。《山家清供》曾经记下一个给予这种菜极高评价的故事：“鬘客骊塘书院，每食后必出菜汤，青白极可爱，饭后得之，醍醐甘露未易及此。询庖者，止用菜与莱菔细切，以井水煮之，烂为度。初无他法。后读苏东坡诗，亦只用蔓菁莱菔而已。诗云：‘谁知南岳老，解作东坡羹。中有芦菔根，尚含晓露清。勿语贵公子，从渠厌膻腥。’……今江西多用此法。”其实江浙一带也有这么吃的。诗的最后两句挺调皮：这么美妙的蔬菜羹，千万不要告诉那些高贵的公子哥儿们，让他们去腻烦那些荤腥鱼肉吧！这可真像东坡的为人与口气。

萝卜做素馔，美味尤多，而且是拌、炒、烧、熬、炖、煮、烩、炸等十八般武艺，件件皆通。一本《素食说略》上，用萝卜做的菜就有五种，而且大都值得推荐，如：

> 烧莱菔——莱菔切小拐刀块，水莱菔最佳。以香油炸透，再以酱油炙之，搭馇起锅，甚腴美。
>
> 烧钮子莱菔——此莱菔来自甘肃，如龙眼核大，甚匀圆，用囫囵个，以前法作之，尤脆美。

（青、甘一带又叫这种萝卜为红蛋蛋、白蛋蛋。）

莱菔圆——用京师扁莱菔、陕西天红弹莱菔，无则他莱菔亦可用。切片，煮烂，揉碎，加入姜、盐、豆粉为丸，糁以豆粉，入猛火油锅炸之，搭馇起锅，甚脆美。

莱菔汤——京师扁莱菔、陕西天红弹莱菔为最上，其余莱菔次之。用莱菔七成、胡莱菔三成，切片或丝，同以香油炒过，再以高酱油烹透，然后以清汤闷（焖）之。闷（焖）至莱菔极烂，其汤即为高汤。或浇饭，或浇面，或作别菜之汤，无不腴美。余每日以浸软蚕豆去皮煮汤，或莱菔汤，浇饭、浇面、吃饼，甚为适口，胜肥浓多矣。

这些，主妇们应该学会，用以调剂佐膳。特别是用萝卜与胡萝卜做的汤，我试过，的确是“醍醐甘露未易及此”。此书作者薛宝辰在《例言》中专门用一条来加以赞美：“菜之味在汤，而素菜尤以汤为要。冬笋、摩姑，其汤诚佳，然非习用之品。胡豆浸软去皮煮汤，鲜美无似。胡豆芽、黄豆芽、黄豆汤次之。惟莱菔与胡莱菔同煮作汤，最为浓腴，各菜皆宜，久于餐蔬者自知之。余编中所称高汤，指以上各汤而言。”作者是陕西长安杜樊乡人，在北京做官多年。是书所记大抵为西北东部和华北一带的烹饪方法，很有参考价值。

至于佛门中的斋筵素宴，更是“离了萝卜摆不了席”。萝卜可和谐各种配料，一般的配白菜、豆腐、百叶、芋艿、扁豆等；高级的有芦笋、笋、蘑菇、腐竹之类。即如素仿荤，萝卜也是上好材料，非它不行。例如“素猪肉”，其法是萝卜去皮对剖煮烂（适度），控干，用拌了盐的面粉或米粉遍涂萝卜全身，下油锅略炸后捞起；再在其一面涂上豆粉汁，贴上一片厚约一分的发面（做肉皮），再炸至金黄色捞起，就成为肉坯。这时，既能用它做“四喜肉”，也能做“坛子肉”，也可以切片做“回锅肉”，调味和烹饪得法，不输真肉。上法略加变通又能做成肘子，做法：

白萝卜煮熟去皮，切成三至四分厚的大块；发面摊开大致一分厚，铺在盘内，放上萝卜块，摆成圆形；用豆粉汁涂满萝卜并填满缝隙，使之粘牢；下油锅，先炸有发面的一面，至金黄色，取出就成为“素肘子”的半成品，按需要作进一步加工，如红烧肘子、椒盐肘子等。

其中的萝卜也可用马铃薯代替，但决不及萝卜之“腴”。

对那些“豆腐是命，见了肉连命都不要了”，然而身体状况又不允许吃肉的诸公，萝卜做肉的秘诀，大可用以一慰馋虫的。

萝卜还宜于任何一种调味，糖醋、酸辣、麻辣、红烧、白煮、蚝油、鱼香、葱油、姜汁、蒜豉等都行，芥末、胡椒、辣酱、虾油、腐乳汁等也莫不咸宜。一次，在一位河北朋友家里吃凉拌萝卜，用天津紫芽青切成极细的长丝，抓上一把糖，浇上麻油，用以下酒，齿舌爽利，口颊清芬，令我至今难忘。单味萝卜丝除掉凉拌，用开水略焯去其味（不焯也行），就能做各种调味的加工。湘菜中的“响萝卜丝”即其一：萝卜切二寸长丝，略腌后挤去水分，鲜红辣椒和青蒜切一寸半细丝；油锅先下萝卜丝、辣椒丝，急炒几下，再下青蒜丝和醋、酱油、味精等调料，勾芡起锅，淋上麻油。这个菜做法很简便，却又不同于凉拌，红绿白相间，鲜辣酸香而响脆，是一种有特色的下饭就酒菜。

萝卜具有可雕性，又适于各种刀工，丝、片、条、块、角、球、末乃至蓑衣等都可以。袁枚在《随园食单·小菜单》中记有一段："有侯尼（侯姓女僧），能（用萝卜）制为鲞，煎片如蝴蝶，长至丈许，连翩不断，亦一奇也。"我揣测是兰花刀法（即蓑衣刀法）用于萝卜。现在福州菜中的"拌蓑衣（萝卜）"即属此类。

"一仓萝卜一仓粮"

苏北有一种大众化的点心：烧饼。有三种馅：豆沙、椒盐和葱花萝卜丝。我喜其后者，因为它香逾前两种，倘加点猪油渣，更加诱人。童年时，两个铜板一枚，可以在饼店门口看着加工，等着从烤炉中用火钳夹出，热腾腾，香喷喷，用作早点或下午点心，既果腹又是一种享受。以后吃到"黄桥烧饼"，又吃到了北京的"油酥萝卜丝饼""火腿萝卜丝饼"，不但味道好，似乎品位也高贵多了。然而我总也忘不了故乡的"葱花萝卜丝饼"，它朴实、亲切，每每勾起我的乡思。而现在，则知道了用萝卜做点心、做主食，远不止于烧饼的。

唐代著《四声本草》的萧炳说："（萝卜）捣烂制面

做馎饦，食之最佳，酥煎食之下气。”馎饦，有似西北的揪面片，萧炳说的是将萝卜捣烂揉进面里做的面片。如今农家也还有将萝卜丝拌面粉蒸谷垒吃的。还有“萝卜糕”，将萝卜切丝过水去辛辣气后，拌米粉制成糕状蒸食；也可夹入猪肉，缀以海米、火腿、香菇，先蒸后切片煎，酥软而腴。广东有“腊味萝卜糕”“鱼蓉萝卜糕”。又有“萝卜团”，如做糕法制成团，中间随意加馅蒸食。《随园食单·点心单》有“萝卜汤圆”：“萝卜刨丝，滚熟，去臭气，微干，加葱、酱拌之，放（米）粉团中作馅，再用麻油灼之。汤滚亦可。”这是萝卜馅的炒元宵或煮元宵。

苏东坡又有一种“玉糁羹”，仍见于《山家清供》：

> 东坡一夕与子由饮，酣甚。槌芦菔烂煮，不用他料，只研白米为糁。食之，忽放箸，抚几曰：“若非天竺酥酡，人间决无此味。”

文人好夸张，却还有人捧场，《本心斋蔬食谱》有《玉糁羹赞》云：“雪浮玉糁，月浸瑶池。咬得菜根，百事可为。”我还未仿制过，却相信它好吃，因为我做过“萝卜饭”，与“萝卜碎米粥”（我对“玉糁羹”的通俗叫法）相距不会太远，其滋味远胜于白饭与菜饭。

那是在“瓜菜代”那几年，我种了一畦萝卜获得丰收，以为大可一“代”了。忽然想起“穷不吃萝卜，富不吃豆腐”，悟起萝卜含有淀粉酶，能分解淀粉，加速食物消化、吸收，吃不饱的家庭是不敢贸然轻试的。对这一点藏族同胞也说：“饿了萝卜不吃，渴了打拉不喝[1]。”正由于此，《四声本草》说：“凡人饮食过度，生嚼（萝卜）咽之便消。”杨亿的《谈苑》上还举过个例子：

> 江东居民，岁课种艺，初年种芋三十亩，计省米三十斛。次年种萝菔二十亩，计益（增加食用消耗）米三十斛。

可见萝卜能消食。也正因为萝卜克食，中医历来用之治疗食积胸闷和消化不良。“上床萝卜下床姜”也是此理。萝卜为了睡前消食，生姜是起床后开胃用的。

[1] 打拉，又叫打拉水。牛奶在打过酥油以后，剩下的含有丰富蛋白质的水，喝了反而更易口渴。

一位老农指教了我：萝卜是“生克熟补”的。熟吃可补，无生吃耗粮之弊。一句话又开了我的窍：淀粉酶是畏热的，一经煮熟（温度过 70℃），便被破坏而无所施其技了。于是，我学会了做“萝卜饭”：萝卜刨丝（也可晒干贮存备用），和米一同煮饭。非但好吃，抑且大解困厄。我还传授了不少人。于是也就体会到以下这些谚语的科学意义了：“萝卜半边粮”“一亩萝卜一仓粮”“一年菜，半年粮，山药萝卜地里藏”。

明代高濂的《遵生八笺》上也有一种“萝卜粥”：用不辣大萝卜，入盐煮熟，切碎加豆入粥，将起一滚而食。《本草纲目》有“萝卜粥，消食利膈”，则不仅疗饥，且可健身了。关于萝卜的这些作用，历史上早有记载。靠萝卜充饥，见于《后汉书·刘盆子传》：盆子入长安，更始降，“时掖庭中宫女犹有数百千人，自更始败后，幽闭殿内，掘庭中芦菔根、捕池鱼而食之”。只是不知道萝卜是怎么个吃法。《太平广记》上还记着一位叫王曼的人，他“好劝人食芦菔根叶”，并且说“久食功多力甚，养生之物也”。如果饭后生吃几片萝卜，自有助消化之功；倘是只吃生萝卜当饭，恐怕是受不了的；煮熟了又当别论。

“一个萝卜两头切”

李时珍说，萝卜“可生可熟，可菹可酱，可豉可醋，可糖可腊可饭，乃蔬中之最有利益者”。这很不完全，我要为之补充：“可干可渍，可糟可熏，可蔬可果可药。”先说干。我在做萝卜饭时因为萝卜太多，一时用不完，便将萝卜丝晒干，回头再用，温水一泡立即还原，味道不变。以后才知道有些地方专门生产干萝卜丝。如江西信丰，萝卜干丝是大宗传统特产，年产好多万担。浙江衢州则以“高家萝卜丝”驰名，“高家”乃“高家公社”，有冬丝、春丝、雨丝、雾丝之分。其中以冬丝为最好，久贮以后色泽为米黄或玉色，有香气，而且柔软鲜嫩，行销很多省区。广州有一种“耙齿萝卜”，当地是切成薄片晒干的，可以久藏，吃时用清水煮，汤成以后，色泽金黄，清香甜润，乃秋冬之际的好汤水，当地人说吃了于肺很有好处。

熏，比较少，吃来却别饶风味。制法是：萝卜切条先腌，压紧出卤，四五天后捞出略晒，然后平铺在熏架上，燃木屑烟熏，熏透后装坛。装坛时要拌以茴香、花椒和甘草面，装好后上面用陈酒调红砂糖铺封，坛口用笋箨扎好，一个月后就可以吃。据说吃了也有开胃润肺的功效。原来这种做法分布于太湖周围地区,现在不大见到了,当地俗称叫“五香熏萝卜”。

糟,更少见。糟法常见于江浙,糟萝卜不知尚有遗韵否。宋代浦江吴氏《中馈录》上有其方:“萝卜一斤,盐三两。以萝卜不要见水,揩净,带须半根晒干。糟与盐拌过,次入萝卜,又拌过,入瓮。此方非暴吃者。”最后一句话的意思不知是指不要吃得过快过多,还是指不需要经过曝晒就可以吃,还待琢磨。

渍与醋(酸)可以合起来。四川泡菜者是,萝卜是其甚好原料。吉林朝鲜族同胞有“泡萝卜条”,用盐和辣椒、大蒜(捣碎)、生姜片、味精,加凉开水泡,二十多天就行了。湘西苗族又有“萝卜酸”,其中有干、水两类四种,水类有水萝卜丝和水萝卜块,做时要加酸菜卤和米汤,是一种独特的食品。这大概是古代做齑法的一支。《群芳谱》上的“萝卜齑”方法是:萝卜切作片,莴苣条或嫩蔓菁、白菜切,大小同,各以盐腌良久,沸汤渫过,入新水中,次煎酸浆泡之,以碗盖入瓶中浸冷。元明间无名氏《墨娥小录》上还有一种腌水萝卜歌诀:“十斤萝卜四两盐,三朝下水没一拳。糯米更加小撮许,直教吃到大年前。”也是齑的一种。张履祥的《农书》上又有“淡黄齑”者：七八月洗萝卜菜，入陶器，浸以黄米汤，日拨二三次。越三日，菜色变即可食，间以小白菜代之。这是用萝卜缨做的。江西万安县产一种“酸甜萝卜”，用白糖和红醋腌制而成，开胃润喉，既是宴席的优良配料，也是家常小菜。这可是与糖沾上边儿了，其实用萝卜做馅时，是有甜馅的。

豉与酱本该是一回事。酱萝卜有两大类，一种是酱腌，一种是酱油渍。前者，我国名产品甚多，镇江恒顺酱醋厂的“罐装萝卜头”就十分有名，远销世界许多国家。酱油渍的可以现做，一两天就可以吃，杭州一些馆子的腌萝卜就是这一类，广州也有，开席前装一小碟摆上，成了爽口的开胃小菜，既有萝卜的清甜味，又有酱豉香，有人为了吃它趋之不舍。日本也有，天天吃，超级市场有售，可就非常贵了。天津、锦州一带又有虾油萝卜。

至于腌萝卜干，有五香的、酸辣的、甜咸的、甜酸的，口味各殊，名产更多，信手举来如“萧山萝卜干”“如皋萝卜条”“朝鲜腌萝卜片”“上杭萝卜干”“岳阳兰花萝卜”“常州萝卜干”“南京萝卜条”等。几乎各省都有所出，制法各有所长，有的出售于酱园，大多家庭自做，成为“我有旨蓄，可以御冬”的主要品种之一。我家是每年都要腌一两坛，由入冬一直吃到第二年夏天。这种萝卜干，既能做小菜，又可以用它炒菜、做汤，实在是人民生活中的恩物。有些名产行销至港澳、东南亚乃至欧美澳等许多地区，既是华侨与祖国联系的一种食品，也为许多外国友人所欣赏。这种腌萝卜同样有悠久的历史，古代的菹中有它，腊也是腌制品之异称。《齐民要术》上有“菘根萝卜菹法”，《农桑衣食撮要》有“腌萝卜”，《群芳谱》有“制香萝卜”，《遵生八笺》有“食香萝卜”等。

如果将全国用萝卜加工制作的产品搜罗起来，可以办一个规模庞大的博览会。

还有一种不容忽视的食品是萝卜缨。它的营养价值比萝卜高，胡萝卜素含量几与胡萝卜相等，也适于多种加工，最简单的吃法是切碎略腌后，用麻油、酱油、醋和一些青椒糊拌着吃，下饭下粥比拌萝卜丝更为可口。湖南叫它“娃娃菜”，常用之做汤。古代又叫它“罗汉菜”，鲜于枢有句曰：“童烹罗汉菜，客礼图诗表。”萝卜缨还有个大用处是可以度荒，明代朱橚《救荒本草》指出了这一点。陆游在《入蜀记》中曾记着农民让他吃萝卜缨的事：“三日，自入沌

（鄂州西），食无菜。是日，始得菘及芦服，然不肯劚根，皆刈叶而已。”现在有些地方为了吃到鲜嫩萝卜缨，专门用萝卜籽孵育出长二三寸的嫩芽做菜吃。

俗话说：“一个萝卜两头切”，原意是指左右为难，两头受气。如果反其意而用之，岂不是左右逢源吗？作为食品，萝卜是通体可用，怎样吃都行的。

下

美国作家马克·吐温是讽刺幽默大师。他在一篇小说中曾用“萝卜长在树上”来挖苦一位无知的农业报编辑。在他和华尔纳合写的长篇小说《镀金时代》中，又有一段关于萝卜预防鼠疫的议论：

> ……来，华盛顿，再喝点水吧——吃萝卜的时候，水喝得越多越好——所有的大夫都这么说。告诉你说吧，孩子，多吃萝卜多喝水，管保你染不上瘟疫……
>
> ……不过，你要知道，这种病虽然没法儿治

（指鼠疫），可倒有法儿预防呢。吃萝卜哟！对啦，吃萝卜，喝水！——这是预防鼠疫的唯一无二的法门！

我原以为又是调侃，信口开河，不想这回却是真的。一九六三年青海中医药研究所的《中医验方汇编》上就有萝卜预防鼠疫的方子。虽然这样的方子在我国是极难用到的了，可是萝卜可以防治很多很多的疾病。

“爱吃萝卜不吃梨”

让我们先从“萝卜赛梨”开始。

萝卜当梨，由来亦久矣。前人有句曰：“咬春萝卜同梨脆。”《摭遗》载：“晋李鄂，立春日命以芦菔、芹芽为春盘相馈贶。”北京立春日，无论贫贱富贵，都啖生萝卜，叫作咬春。其实不光是北京。《直省志书·绛州》中记有“物产萝卜……一种甘脆，略无辛味，生食之可代雪梨。”山东有些地方，新春之际，爱将萝卜竖切成块，放在盘中，和糖果、瓜子一样招待客人。“萝卜赛梨”足见非市贩之夸张，绝不同于相声段子中说的“栗子味儿的倭瓜”。因为萝卜确有其优于梨处，凡吃过“心里美”之类者，当有体会。天津的“沙窝萝卜”，汁多而甜，脆美无滓，掉下地都能跌几瓣，怎能叫人不爱。

萝卜实在是一种价廉物美、最大众化的水果，宋代即已很普遍。《东京梦华录》上的《饮食果子》节中说：“又有卖药或果实萝卜之类，不问酒客买与不买，散与座客，然后得钱，谓之撒暂。如此处处有之。”在冬季它更受欢迎。《植物名实图考》的作者吴其浚有一段冬夜吃萝卜的描写，很生动：

> 萝卜，天下皆有佳品，而独宜燕蓟。冬飙撼壁，围炉永夜，煤焰烛窗，口鼻炱黑。忽闻门外有卖萝卜赛如梨者，无论贫富耄稚，奔走购之，惟恐其过街越巷也。琼瑶一片，嚼如冰雪，齿鸣未已，众热俱平，当此时曷异醍醐灌顶？

凡是在老北京居住过的人，一定有身临其境之感。这时吃的萝卜，既有解燥热的功效，对煤烟熏燎也有荡涤的作用，所以人们才本能地去追求它。在香港，由内地运去的青萝卜特别好销，人们分析，港地烹饪用的燃料，皆为煤气、石油气或煤油，排出的废气人吸入后会有燥热的感觉，并引致咳嗽，吃萝卜可以除烦祛燥并镇咳。历史上还有个例子，见于李延飞的《延寿书》：李师逃难入石窟中，贼以烟熏之，垂死，摸得萝卜菜一束，嚼汁咽下即苏。

这正是萝卜缓解烟熏所致的效果。有人从而引申出萝卜可以急救一氧化碳中毒（煤气中毒），临床证明并无确效，不可轻信。

杨万里有句曰“芦菔削冰寒脱齿”，方岳有句“莱菔根松镂冰玉”，都是对冬夜吃萝卜的描写。我推荐清人阮葵生《茶余客话》上所记的李安溪的做法：“每秋冬夜永，饱餐，炳炬摊书，断生萝卜寸许者，满置大盂，每精诣深思时，辄停笔尝一二寸，尽盂乃就寝。”不一定像他吃得那么多，可是每天晚上吃一点大有裨益。这就是“上床萝卜下床姜”。好处在哪里？另一句谚语说过：“晚吃萝卜早吃姜，不劳医生开药方。”其道理李杲在《用药发象》中说：“姜能开胃，萝卜消食也。”同指萝卜含的淀粉酶帮助分解淀粉，促进消化的功用。《奇效良方》又有另一说：“冬月于临卧时，食生萝卜三五片，可无咽喉之疾。”这许是经验所得。

生吃萝卜“克食”，古代有些故事。《本草图经》说，萝卜尤能制面毒。昔有婆罗门僧来，见食面者，惊云：“此大热，何以食之？”又见食中有芦菔，乃云：“赖有此以解其性。”自此相传食面必啖芦菔。面粉天天吃，怎么会有毒呢？从中医来说，它“甘温有微毒”。原因各有所说，苏颂说是春种小麦夏收，“（春夏秋冬）四气不足，故有毒”。《食疗本草》说是“面有热毒者……磨中石末在内故也。但杵食之即良”。《延寿书》说“北多霜雪，故面无毒；南方雪少，故面有毒”。顾元庆《檐曝偶谈》说：“江南麦花夜发，故发病；江北麦花昼发，故宜人。”还有许多说法，大都是主观揣测。近代医学尚无这方面报道。米面比较，后者是燥一些，该是什么化学成分的原因？萝卜之于面，主要还是淀粉酶的作用。《洞微志》上还有个很有名的故事，为《全唐诗》《癸辛杂识》《广群芳谱》等所引载。故事说，在后周时，齐州有人得了狂症，梦见一个红衣女子引他到一宫中，唱一支歌：“五灵楼阁晓玲珑，天府由来是此中。惆怅闷怀言不尽，一丸萝卜火吾宫。”旁边有一道士解说狂人得了大麦毒，女子是心神，知道萝卜能治面毒，所以唱“火吾宫”。火是烧毁的意思。狂人醒后，便吃萝卜，狂疾就好了。

张杲的《医说》还有个萝卜解豆腐毒的故事：“有人好食豆腐中毒，医治不效。忽见卖豆腐人言，其妻误以萝卜汤入锅中，遂致（豆腐）不成。其人心悟，乃以萝卜汤饮之而瘳。”按民间验方，萝卜还能治毒蕈中毒、红矾白砒毒和酒精中毒。这些在医学验证以前，未可信赖。倒是萝卜汁醒酒，见于《山家清供》：“雪夜，张一斋饮客。酒酣，簿书何君时奉出沆瀣浆一瓢，与客分饮，不觉酒，客为之洒然。客问其法，谓得之禁苑，止用甘蔗、白芦菔，各切方块，以水烂煮而已。盖蔗能化酒，芦菔能化食也。”还是“克食”之功。酒在胃中与食物相和，食物分解消化，酒力自当有所减退。

生吃萝卜，还有句河北谚语可供参考：“头辣臀臊，吃萝卜吃腰。”不过它还有另一个意思：刚结的萝卜或长老了的萝卜都不太好吃。

“萝卜是土洋参”

雪梨、鸭梨等之所以赶不上萝卜，还有许多谚语为之证实：

“过了九月九，大夫抄着手；家家吃萝卜，病从哪里有？”

“萝卜上场，大夫还乡；萝卜进城，药铺关门。”

“萝卜上了街，药铺取招牌。”

类似者还有许多，无非是词句变换而已。这也非始于今日，明代杨慎著的《丹铅总录》上有“枇杷黄，医者忙；橘子黄，医者藏；萝卜上场，医者还乡”。这些都指秋冬而言，也有“春吃萝卜夏吃瓜”，“常吃萝卜常喝茶，不用把大夫请来家”等。试问梨有这么大的神通吗？

当然这不无夸张，可是萝卜所含的多种成分如糖分（主要为葡萄糖、果糖、蔗糖）、多缩戊糖、氢化果胶、胆碱、葫芦巴碱、莱菔甙、淀粉酶、氧化酶、催化酶、香豆酸、咖啡酸、阿魏酸、精氨酸、组氨酸、芥子油，以及碘、溴、锰、硼等，其防治疾病的作用，是梨所不具备的。

比如萝卜的“克食”，梨就不能。医生常用萝卜医治一些消化道疾病，像食积腹胀、小儿疳积等，几片生萝卜“药到病除”。萝卜有杀菌的能力，民间又用它治红白痢疾。一些医疗单位研究，证实萝卜对细菌性痢疾确有疗效。《清异录》记着这样一件事：“郑居易计部言，其家自先世多留带茎萝卜，悬之檐下，有至十余年者。每至夏秋有病痢者，煮水服之即止，愈久者愈妙。”此外，它还能治肠梗阻、便秘、腹泻等症。

按明代兰茂所著《滇南本草》的说法，经霜阴干的白萝卜秆叶可以治脾胃不和、宿食不消、胸膈膨胀、呃逆打嗝儿、硬食膨胀、呕吐酸水、赤白痢疾以及妇女乳结、乳肿、经闭。还讲有一姓刘的六十多岁的老人，得了噎膈病，胸膨胀，肚腹嘈饿，吃饭胀疼，就是用它治好的。《普济方》有个治反胃噎疾的方子：“萝卜，蜜煎浸，细细嚼咽，良。”这些已经提示了萝卜可能对消化道癌的功用。近年国外医学报告，萝卜和有些蔬菜一样有着抑癌的本领，一个是它含有的酶能够分解致癌物亚硝酸胺，使之失去致癌作用；另一个是它含的木质素能够提高巨噬细胞的活力，增强免疫力，消灭癌细胞；另外它含的维生素 A 和维生素 C 比较多，也具有抗癌的效力。这些告诉我们尤其胃肠道有某些不适的人，有意识地多吃点生萝卜有好处。

“生克熟补”之说曾引起我的惶惑，尤以熟补，因为萝卜的营养成分在菜类中未见多么突出，虽有补益也不很大，当然不能说一点也没有。我倒更重视它“生克”的能耐。

一般食品进入人体，即使是高营养的，倘不能很好消化吸收，也只能白白排泄掉。这种不能充分吸收利用的情况多数人都有。萝卜却有促进食欲、帮助消化吸收的长处，等于增加养分，于人体当然大有补益。“萝卜是土洋参”“十月萝卜小人参”，民间抑或称之“土人参”。我以为正是从这个意义上来理解的。人参本身的补益作用也并不在于它的营养成分多而高级，主要在于它激发和提高人体的活力。尽管萝卜和人参的作用并不相同，效力强弱也有差距，其理则一。

一个没有饭吃的人，光靠吃人参也是活不下去的。

“萝卜当做人参卖”是指欺骗，“人参当做萝卜卖”是指好货贱卖。从科学角度衡量，都不见得，无非因为萝卜易求，人参难得罢了。

“秋天萝卜收，大夫袖了手”

实际情况是萝卜收得再多，大夫既不会“还乡”，也不能“袖手”。这是指秋冬季呼吸道疾病多了，而萝卜对这些病症，又有其独到之功。

萝卜既能预防感冒，又能治感冒（包括流感），方法是白萝卜，或配葱白、橄榄煎汤代茶饮。它还能预防白喉、流脑，治咽喉炎、咳嗽、哮喘、急慢性支气管炎等，特别宜于咳嗽。著名的中药方剂“三子养亲汤”（萝卜子、白芥子和紫苏子）治痰火咳嗽，其中萝卜子是取其消食化痰的用途。北方民间常于初冬将萝卜缨放在屋上，一任风霜雨雪吹打，到立春前一日收下挂在阴处，到二三月切碎，调盐或酱蒸来当小菜，可使一家永无喉患，倘有喉风，用之煮汤吃，很有效。

《医学衷中参西录》的作者、河北名医张锡纯在书中记下一个治疗慢性咳嗽的方子：秋分那天，用鲜槐树枝条穿十几个鲜萝卜，挂在枝叶茂盛的树上，一百天后取下，去掉槐枝，切片煮烂，拌上红砂糖吃，每次一个萝卜，几个就好。据说一位六十多岁的孙姓老头，劳嗽多年，什么药也治不好，用这个方子治愈。此后，他也照样每年晾萝卜，送给同病者，治好了许多人。宋人的《五色线》上还记着一位医生，偶然发现萝卜治咳嗽因而致富的故事：

中州一代巡病嗽，久不愈，甚危，征医各府。

归德[1]仅一老医，年七十余，病嗽亦剧。府官不得已，以之应命。行至一村，渴甚，叩民家求饮。其家以热水一盂饮之，觉嗽似少止；再求一杯，又觉少愈。因询此何水，其人答曰：“村野无茶，适煮萝卜干，遂以奉用。”医曰：“吾平生最喜食此，偶途中用尽，敢求少许。”其家馈以数升。医食数日，嗽全愈。及见代巡，病与己同，诊脉后出一方，因向代巡云：“药须医人自煎，恐他人煎不得法，药难取效。”及煎时，潜以萝卜干加入。数日，代巡病愈，大神其技，给冠带作兴千金，遂成富室。

萝卜治咳嗽是多年验证，一点也不含糊的。从临床看，无论寒热咳嗽，多年或老年乃至小儿咳嗽，用萝卜医治都能收效。这也是人们喜欢秋冬之际吃萝卜的原因所在。

王士雄的《随息居饮食谱》说：“（萝卜）治咳嗽失音、咽喉诸病。”由于咽炎等原因而致失音嘶哑的，人们多知

[1] 河南商丘及其周围数县。

用胖大海泡茶喝，其实萝卜同样可治。方法是萝卜苗、缨或萝卜煎汤喝。西方民间也有这样的方子：萝卜汁每天吃三次，每次一汤勺，能够减轻咳嗽，消除声音嘶哑。还有用萝卜汁擦身，可以缓解风湿症和流感症状。萝卜还是抗胆肾结石的良药，可以用于治疗结石症。我国《中药大辞典》上也载："另据报告，根捣碎后，榨取之汁液，可防止胆石形成而应用于胆结石。"

有人用新鲜萝卜汁与茅根汁为主药治疗硅肺，见于《中医学新编》。硅肺患者倘能天天吃点鲜萝卜，能减轻症状。

萝卜又可治肺出血，如咯血。一九六〇年的《中国防痨》上登着一个方子："红色大萝卜二斤，加水三百毫升，煎到一百毫升时，除去残渣，再加入明矾三钱，蜂蜜三两。每日三次，早晚空腹服用，每次五十毫升。"对于吐血、便血也有疗效。张杲《医说》上有治鼻出血的方法，用萝卜汁加上少量酒给病人喝，可以治好；如果同时用萝卜汁注入鼻中，能加强止血效果。外伤瘀血也可以用萝卜敷治，《墨娥小录·医方捷法》治打伤青肿的方子是"萝卜捣烂盦之，立消"。

常吃萝卜又能降血压，还可用萝卜汁急治偏头痛，疼痛剧烈时候可取立效。方法是取汁滴鼻，左痛滴右，右痛滴左；也有人加点冰片。苏东坡的《东坡杂记》上有个治偏头痛的“禁中秘方”：“用生萝卜汁一蚬壳，注鼻中，左痛注右，右痛注左，或两鼻皆注亦可。虽数十年患，皆一注而愈。荆公（王安石）与仆言之，已愈数人矣。”这应该说是神效。

特殊的功用，特殊的产品

萝卜的功用还有，而且是很特别的。

据一九八一年《北京科技报》载，吃萝卜能使头发有光泽，防治头屑过多，头皮发痒。北京友谊医院有用萝卜缨配马齿苋、苍术水煎内服，治脂溢性皮炎、脂溢性脱发的方子。这说明萝卜与头发有关系。宋人王君玉《国老谈苑》中又有这样一个故事：寇准“年三十，（宋）太宗欲大用，尚难其少。准知之，遂服地黄兼饵芦菔以反之，未几髭发皓白”。此说最初见于唐代孙思邈：“（萝卜）不可与地黄同食，令人发白。”我幼年时，听长辈说吃生萝卜喝水易生白发，屡试不验。清代严西亭的《得配本草》又说：“气陷血少者禁用，服何首乌、地黄诸补药者忌之。”地黄等与萝卜相遇为什么作用于头发，尚未见科学解释。以后又有吃了人参后不能吃萝卜之说，虽不见于经传，却常用于临症。《近十年之怪现状》上就有这么一段：

> ……只见骊珠仰卧在床上，脸色转红，上下唇焦黑，闭着眼睛，有出气没进气的乱喘。……薇园对龙中丞道："大帅且不要伤心，小姐是误服参桂之过，暂时还不碍事，可叫人快取生萝卜、生葱捣了汁来灌下去，立刻就好的。"……幸得薇园来用萝卜解了人参，生葱破了肉桂，方才平复了……

有人说由于萝卜下气、消积，因而对补气药人参、何首乌等有克忌；又有的说萝卜偏凉，服补的人往往体质偏于虚寒，所以不宜吃萝卜。学过医的鲁迅先生也谈过这二者的关系。他在《且介亭杂文·答〈戏〉周刊编者信》中是这样说的：

> 为了医病，方子上开人参，吃法不好，倒落

得满身浮肿，用萝卜子来解，这才恢复了先前一样的瘦，人参白买了，还空空的折贴了萝卜子。

而《本草新编》中却认为“人参得萝卜子（治喘胀），其功更神”。这不但不相反倒是相成的了。这二者的化学成分之间究竟是什么关系，有待于医学科学的回答。现在我们只能这样认识：任何事物之间都有相反相成的作用，具体条件具体对待，如果发生萝卜与人参的关系时，还是按医生的意见为妥。

《食疗本草》说萝卜“利五脏，轻身，令人白净肌细”。倘真如此，吃萝卜又省了化妆品了。

未溃的冻疮用煮熟萝卜切片（或烤熟）敷贴，或用萝卜缨煮汤洗，可以消除。萝卜煎水洗脚，又能治脚汗、脚臭。

萝卜还有几种带有传奇色彩的特殊产品：

“三生莱菔”：见于清人赵学敏《本草纲目拾遗》，用一枚槌碎，煎汤服之治臌胀，极重者二枚立愈。这种萝卜是这样制成的：“取水莱菔根一枚，周围钻七孔，入巴豆七粒，入土种之。待其结子，取子又种。待莱菔根成，仍钻七孔，入巴豆七粒，再种。如是三次。至第四次将开花时，连根拔起，阴干收贮罐内。”

“鸡神水”：据说用之点眼，“其明如童”。方子载《眼科要览》，制法出于《太元玉格新书》：“择大萝卜一个，开一大孔，须近茎边一头开，勿伤其根，方可活。孔内入鸡蛋一枚，仍种地上，候其发叶长成，取鸡蛋内水点眼。”

“地骷髅”：据《本草纲目拾遗》说是：“刈萝卜时偶遗未尽者，根入地，瘦而无肉，老而无筋，如骷髅然，故名。”《王氏博济方》又叫“仙人骨”。还叫“老萝卜头”“老人头”“地枯萝”“气萝卜”“枯萝卜”“空莱菔”。现在多以收后萝卜去缨晒干充之。可宣肺化痰，消食利水，用治咳嗽多痰，食积气滞，脘腹痞闷胀痛，水肿喘满，噤口痢疾。

这些特殊产品是不是确有医疗效果？俗话说“偏方气死名医”。不过任何药物都是其化学分子与人体内的化学分子相互作用，产生治疗疾病的效果。这些产品，在医学昌明的今天，是不是还有需要，留待研究。

至于萝卜，它已经肯定有治疗疾病、保护健康的作用，我们应该自觉地加以认识和利用。至少，萝卜不仅仅是蔬菜。

卷二 感谢瓜蔬

神奇的丝瓜

季羡林

今年春天，我在房前空地上，开辟出了一个一丈见方的小花园，周围用竹竿扎成了篱笆，移来了一棵玉兰花树，栽上了几株月季花，又在竹篱笆下面随意种上了几棵扁豆和两棵丝瓜。

过了不久，丝瓜竟然长了出来，而且日益茁壮、长大。这增加了我的兴趣。每天早晨工作疲倦了，我常到屋旁的小土山上走一走，站一站，看看墙外马路上的车水马龙……顺便也看一看丝瓜。

丝瓜是普通的植物，我没有想到它会有什么神奇之处。可是有一天，我忽然发现丝瓜秧爬出了篱笆，爬上了楼墙。以后，每天看丝瓜，它总比前一天向楼上爬了一大段，最后竟从一楼爬上了三楼。说它每天长出半尺，绝非夸大之词。丝瓜的秧不过像细绳一般粗，如不注意，连它的根在什么地方，都找不到。这样细的一根秧竟能在一夜之间输送这么多的水分和养料，供应前方，使得上面的叶子长得又肥又绿，爬在灰白色墙上，一片浓绿，给土墙增添了无限活力与生机。

这当然让人惊奇，我的兴趣随之大大提高。每天早晨，我都要注视那细细的瓜秧和浓绿的瓜叶……

又过了几天，丝瓜开出了黄花。再过几天，有的黄花就变成了小小的绿色的瓜。瓜越长越大，重量当然也随之增加。最初长出的那一个小瓜竟把瓜秧坠下来了一点，直挺挺地悬垂在空中，随风摇摆。我真替它担心，生怕它经不住这份重量，会从楼上坠下来，落到地上。

不久就证明了，我这种担心是多余的。最初长出来的瓜不再长大，仿佛得到命令停止了生长。在上面，在三楼的窗外，却长出来了两个瓜。这两个瓜后来居上，发疯似的猛长，不久就长成了小孩胳膊一般粗了。这两个瓜加起来恐怕有五六斤重，那一根细秧怎么能承受得了呢？我又担心起来。没过几天，事实又证明了我是杞人忧天。两个瓜不知在什么时候忽然弯了起来，把躯体放在窗台上，从下面看上去，活像两个粗大弯曲的绿色牛角。

不知道从哪一天起，我忽然又发现，在两个大瓜的下面，在二三楼之间，在一根细秧的顶端，又长出来了一个小瓜，垂直地悬在那里。我又犯了担心病：这个瓜上面够不到窗台，下面也是空空的；总有一天，它越来越大，会把上面的两个大瓜也坠下来，一起坠到地上。

今天早晨，我却看到了奇迹。同往日一样，我习惯地抬头看瓜：下面最小的那一个早已停止生长，孤零零地悬在空中，似乎一点分量都没有；上面窗台上那两个大的，似乎长得更大了，威武雄壮地压在窗台上；中间的那一个却不见了。我看看地上，没有看到掉下来的瓜。等我倒退几步抬头再看时，却看到那一个我认为失踪了的瓜，平着身子躺在紧靠楼墙凸出的一个台子上。这真让我大吃一惊！这样一个原来垂直悬在空中的瓜怎么忽然平身躺在那里了呢？这个凸出的台子无论是从上面还是从下面，人都是无法上去的，决不会是人把丝瓜摆平的。

我百思不得其解，徘徊在丝瓜下面。我仿佛觉得这棵丝瓜有了思想，它能考虑问题，而且还有行动。它能让无法承担重量的瓜停止生长；它能给处在有利地形的大瓜找到承担重量的地方，并给这样的瓜特殊待遇，让它们疯狂地长；它能让悬垂的瓜平身躺下。

丝瓜有思想，这实在令人难以置信。丝瓜用什么来思想呢？它靠什么来指导自己的行动呢？我无法同丝瓜对话。这是一个沉默的奇迹。瓜秧仿佛成了一根神秘的绳子，绿叶照旧浓翠，扑人眉宇。我站在丝瓜下面，陷入梦幻。而丝瓜则似乎心中有数，它怡然泰然悠然坦然，仿佛含笑面对秋阳。

苦瓜

肖复兴

原来我家有个小院，院里可以种些花草和蔬菜。这些活儿，都是母亲特别喜欢做的。把那些花草蔬菜侍弄得姹紫嫣红，像是给自己的儿女收拾得眉清目秀、招人眼目，母亲的心里很舒坦。

那时，母亲每年都特别喜欢种苦瓜。其实，这么说并不准确，是我特别喜欢苦瓜。刚开始，是我从别人家里要回苦瓜籽，给母亲种，并对她说："这玩意儿特别好玩，皮是绿的，里面的瓤和籽是红的！"我之所以喜欢苦瓜，最初的原因就是它里面的瓤和籽格外吸引我。苦瓜结在架上，母亲一直不摘，就让它们那么老着，一直挂到秋风起时。越老，它们里面的瓤和籽越红。红得像玛瑙、像热血、像燃烧了一天的落日。当我掰开苦瓜，兴奋地注视着它两弯船一样盛满了鲜红欲滴的瓤和籽时，母亲总要眯缝起昏花的老眼看着，露出和我一样喜出望外的神情，仿佛那是她老人家的杰作，是她才能给予我的欧·亨利式的意外结尾，让我看到苦瓜最终这一落日般的血红和辉煌。

以后，我发现苦瓜做菜其实很好吃。无论做汤，还是炒肉，都有一种清苦味，又有一种苦中蕴含的清香，和苦味淡去的清新。

像喜欢院里母亲种的苦瓜一样，我喜欢上了苦瓜这一道菜。每年夏天，母亲都会经常从小院里摘下沾着露水珠的鲜嫩的苦瓜，给我炒一盘苦瓜青椒肉丝。它成了我家夏日饭桌上一道经久不衰的家常菜。从此就再见不到苦瓜瓤和籽鲜红欲滴的时候了，因为等不到那时就被吃掉了。

这样的菜，一直吃到我离开了小院，搬进了楼房。住进楼房，依然爱吃这样的菜，只是再吃不到母亲亲手种、亲手摘的苦瓜了，只能吃母亲亲手炒的苦瓜了。一直吃到母亲六年前去世。

如今，依然爱吃这样的菜，只是母亲再也不能为我亲手到厨房去将青嫩的苦瓜切成丝，再掂起炒锅亲手将它炒熟，端上自家的餐桌了。

因为常吃苦瓜，便常想起母亲。其实，母亲并不爱吃苦瓜。除了头几次，在我一再的怂恿下，勉强动了几筷子，皱起眉头，便不再问津。母亲实在忍受不了那股子异样的苦味。她说过，苦瓜还是留着看红瓤红籽好。

可是，她依然每年夏天当苦瓜爬满架时，为我清炒一盘我特别喜欢吃的苦瓜肉丝。

最近，看了一则介绍苦瓜的短文，上面有这样一段文字：“苦瓜味苦，但它从不把苦味传给其他食物。用苦瓜炒肉、焖肉、炖肉，其肉丝毫不沾苦味，故而人们美其名曰‘君子菜’。”

不知怎么搞的，看完这段话，让我想起母亲。

也傍桑阴学种瓜

闻欣

一日友人来寒舍小坐，正逢双休日，闲来无事。

“去，看看我的朋友。”

“你的朋友？我素不相识，不去也罢，你自己去吧！”

“肯定认识的。”我说，“你见了就知道。”

友人带着几分疑惑跟着我来到厨房边的墙根下。

“怎么样，认识吧？”

墙边悄然无人，只有几株南瓜撑开巨大的叶子，布成一角静静的绿意。友人愈加不解。我指着攀墙而上的南瓜藤叶说：“它，就是我的朋友呵！”

友人恍然大悟：“真想不到，你这老头也学会了卖关子！”

“不是卖关子。”我认真地说，“真的，它是我极其真诚的朋友。”

退休之后，有较多余暇，能找一些植物为友，实在是件使人心情愉快的事。至于以何种植物为友，却因人而异。老伴喜欢种花，几年来，在阳台以及厨房边栽种了诸如茉莉、玫瑰、昙花、兰花、仙人球、蟹爪兰等十几种，亦如我写作般,作品不算少而精品难出,能让人赏心悦目的不多。我则喜欢那些农家小院既有观赏价值又有实用价值的植物，因为它们有着与山野村夫一样淳厚朴实的品性，也不像某些花卉，美则美矣，却难以侍候，一不小心，毁于一旦，前功尽弃。而南瓜之类，却极随和，只要有些泥土，再加点土杂肥，就满足了，愉快地生长着，那藤蔓就如天真无邪的村童，顽皮而不捣乱，给几根树枝或竹竿，就爬出满架子绿茵茵的风景。南瓜，确实是很可以信赖的植物。

立夏过后，正是农家种瓜点豆的季节。我提出了在墙边种南瓜的动议，并陈述我的理由，老伴也来了劲。于是从田野、树荫下挖来泥土，找了瓜秧，清理废旧木箱，在箱里种了三株南瓜。

南瓜栽种之后，生长出奇地快，简直一天一个样。一夜细雨，第二天早晨就令你刮目相看，让你惊诧不已。这些普普通通农家的寻常植物竟有这么旺盛的生命力，一夜之间长了一寸多！端条小凳在它身边小坐，仿佛也能听到那藤蔓爬动的声音。不久前，我到乡间一个小镇参加了几天文学笔会，回来一看，竟比原先长高了一尺多，居然还长出了许多小小的花蕊。

面对蓬勃生长的南瓜藤蔓，我不由得想起宋朝著名田园诗人范成大的诗句："童孙未解共耕织，也傍桑阴学种瓜。"自然，我不是童孙，是一名已退休的老叟；此处无桑，没有桑阴，只有墙根一方窄窄隙地，然而那份情趣是共有的。

我喜欢以农家植物为友，由来已久。朋友立里君有次到我家小坐、闲聊。他亦与我一样，自小生活在农村，都有一种乡野情结。他说："我们虽然已离开农村几十年，但我们还是本质上的农民。"我之所以对农家的植物有特殊的爱好，不也反映了某种程度上的农民意识吗？一走向田野，就有一种灵魂回归的感觉，一走进农家，就获得一种亲近感与亲切感，不就是乡野情结吗？

"也傍桑阴学种瓜"，在种瓜中，我获得的不只是一道远去的风景，不只是来日收得几只瓜，是获得一种情感上的满足。

近来，我还在种瓜，不只是南瓜，还有丝瓜。还是在厨房外的墙根，种在邻里那一只废弃的水缸里。似乎长得也不慢，细细的藤蔓也有点开始爬动的意思。不久，当南瓜和丝瓜藤蔓满架的时候，在细雨漫空的日子，这里将会有一种“豆棚瓜架雨丝丝”的诗情画意。如果有朋自远方来，不妨稍稍留步，听一听寒舍一角的天籁。

瓜的世界

刘枋

夏天是瓜的世界。这话并非笔者杜撰，试看“浮瓜沉李”之句，足证以瓜消暑，自古已然。不过浮瓜之瓜，总是西瓜、木瓜、香瓜、甜瓜、苹果瓜、美浓瓜者流，这些都是冰箱中的宠儿，专供生凉解渴之需，而非俎上锅中菜肴，可作佐餐之用，所以灶下谈瓜，是另外的一套。

夏日菜色，以清淡为尚，冷拌尤为多人所喜，所以厨中恩物，首推黄瓜，因它变化多端，生吃熟煮总相宜。

黄瓜应写王瓜，何以如此，无从考据，只知众皆如此。它不独盛于夏月，在台湾可说是四季供应无缺，但新熟嫩瓜，通体新绿，周身细刺密布，顶上黄花犹存，则只有夏季市上方是大路货。小王瓜生吃不损原味，尤其是清拌。拌王瓜讲究的是以刀柄把它拍碎，不以刀切，避免触铁。拍好，加细盐，略拌片刻，再把腌出之水沥净，加酱油、麻油、香醋上桌。清香爽脆，下酒佐粥，无往不利。喜味浓的人，有的加辣油，有的加蒜泥，有的加生姜，固然口味之嗜，各有不同，但如此总不若清而存真。

鸡丝拉皮、炒肉拉皮、肚丝、腰片、海蜇，诸凡凉拌之菜，大都是以王瓜丝或片为配，凉粉凉面的青头佐料，也均不能缺少王瓜。除了上述生冷，热汤之中，有时也赖王瓜提味，如氽里脊片，如豆腐蛋花汤，清汤之上，荡漾着几片碧玉样的小王瓜片，色既醒目，味也清香，不过，这都必须是汤滚之后，才下瓜片，立即上桌，若煮到滚瓜烂熟，则不中看又不中吃了。

老大的王瓜，则熟食较宜。把大王瓜削皮去瓤，中填肉馅，清蒸、白炖、红炆，都是味腴可口的酿黄瓜。如把王瓜皮削剥成为整齐的一段段的，先以盐略腌，加葱、姜、红辣椒丝等，入热油中爆炒，再烹以糖醋，则是一味很美的酸辣瓜皮卷。此外，王瓜炒肉片、王瓜排骨浓汤，是极平常的吃法，肉丁、王瓜丁、胡萝卜丁、豆干丁等同炒，虽仍家常小菜，但色彩较美，味亦略高，主要的是王瓜要最后下锅。

次于王瓜的是冬瓜。冬瓜盅这味广东名菜，可以说是尽人皆知，不过盅内配料，什么火腿干贝，香菇莲芡，都是名贵异常，不是日常可随便吃吃的。而且台湾没有小冬瓜，若三两口人之家，费劲拔力地弄个冬瓜盅，一日三餐不换菜，恐怕也吃不完，所以此盅大有改良必要。普通人家，买冬瓜两斤，选细点的，则这段瓜圈可略厚，把瓜圈洗净，置大碗内，再分一部分切片，铺于碗底，加肉丁、海米、笋丁、青豆、花生米等（可随意配几样）在圈内，入锅蒸透，和冬瓜盅无甚出入，只不过寒素点罢了。

因我为北地人，所喜欢的倒是北平人吃的羊肉煨氽冬瓜汤。方法是，冬瓜切片，入清水中煮透，羊肉切薄片，以酱油、麻油腌泡片刻，入正滚的冬瓜汤内，即刻起锅，然后再撒上胡椒粉、芫荽、韭菜或蒜苗所切的细末，肉嫩、瓜烂、汤鲜，味浓而不腻，清淡但不单纯。台湾羊肉较少，如以精瘦猪肉代之，亦尚可口。其他炒冬瓜片、熬冬瓜块，不论荤素，我的口味，觉得都不算下饭佳品，只有海米冬瓜汤和火腿冬瓜夹，尚耐品尝。

南瓜也算夏季蔬菜，它的名称，各地不同。台湾人叫它金瓜，大概因它瓜肉金黄；北平人叫它窝瓜，说是它形状不圆润，有些窝里窝囊的样子；冀鲁两省叫它北瓜；江南各处，叫它南瓜。究竟它尊名为何，恐它自己也无以为定。南瓜味甘，越老越香。炒南瓜是菜名，蒸南瓜是点心，它的原味近甜不宜咸，配料宜素不宜荤，如果南瓜红烧肉，可说瓜味肉香两失。

我对南瓜，无所爱好，但有两种吃法例外：一是南瓜塌饼，一是红豆南瓜。

南瓜塌饼，初尝是在一位常州人士的家里。方法是把南瓜擦细丝，混以面粉，略加葱、盐使成浓稠糊状，入油锅，煎成一个小饼，外焦里嫩，味兼甜咸，入口香糯，食不知饱。其实我乡常以萝卜丝、匏瓜丝等如此制作，但均不如南瓜好吃。以此饼佐粥，无需其他主副食品。

红豆南瓜，是传自川娃。红豆汤中加南瓜块，两者滚煮烂极，浓稠一锅，盛碗后加猪油、葱花，略调盐味，不是下饭佳肴，但可算是极好的点心。若不用盐而用糖，去葱花而加点葡萄干等，更是孩子们爱极的下午食。

此外，嫩丝瓜煮汤，凉地瓜（又称凉薯）炒菜，也都只是夏季常吃的东西，所以，只有夏天，才是瓜的世界。如谓不确，您可见过隆冬之际除夕年夜饭上，是用一个冬瓜盅、一个炒瓜皮、一盘凉拌王瓜、一碗丝瓜汤，再加上南瓜塌饼作主食，红豆南瓜当稀饭的？

冬瓜盅

蔡珠儿

吃冬瓜盅要凑人头，人少吃不完，人多不够吃，其性质近乎政党、诗社与帮派，有种微妙的集体主义，相濡共济却又互斗角力。冬瓜这东西也怪，不像黄瓜和白菜论把计斤卖，反而像猪牛肉般割剖分切，菜贩下刀不问斤两，只问："几个人？"仿佛在配发口粮。

而冬瓜盅的滋味，就更集体主义，先以猪肉鸡骨炖出鲜汤，再尽倾所有加进好料，凡滋腴甘香者，皆有杀错无放过，火腿、烧鸭、瑶柱、田鸡、虾仁、猪肚、鸡肝、鸭胗、鸽蛋、香菇、鲜笋、莲子和银杏等等，都一股脑儿朝里扔，有如清汤版的佛跳墙。

荟萃众鲜之味，烹出来当然甜冽芳美，但美得涣散凌乱，各种鲜香喧嚣吵闹，纷然杂陈，毫无焦距与光谱，因而也像佛跳墙，发出驳杂伧俗的气味。以集体主义入厨上桌，少有好下场。

幸亏餐馆为了省钱减工，不会用上所有好料，一般只下七八种，冬瓜盅得保雅洁清逸，不致沦为高级菜尾。不过也因省工，蒸功火候不够老足，有的只把滚汤倒进瓜里，蒸热了做个样子，瓜身雕龙镂凤，然而汤味粗涸生硬，欠缺清润绵柔的底韵，已故的香港名厨陈东形容这是“放水灯”，徒有虚饰而无实味。

炖得好的冬瓜盅，应该里外交融，鲜净澄透，汤料尽得瓜汁的馨莹，瓜肉则饱吸诸鲜之味，软溶清甘如沙冰雪泥。老到的侍者盛汤，除了均取汤汁与物料，必定还添以瓜茸。一碗理想的冬瓜盅，应是汤、料、茸三分天下，入口方能酥糯适中，稠淡恰好。

我喜欢瓜茸，觉得比拉杂的汤料柔净好吃，别人舀汤，我却爱刮茸，掏出冰晶似的瓜肉，吃来五内沁爽，遍体生凉。冬瓜其实该叫夏瓜，本是松泡无味之物。夏日当令后，变得甘润多汁，足以利水消渴，解暑去火。因此冬瓜盅贵清甜，宜用鲜虾、蟹肉、带子（鲜干贝）、田鸡、莲子和瓜笋等鲜淡之物，烧鸭猪肚这些赘物就免了。

但一定要有夜香花。这种萝藦科的淡绿小花，形如铃铛，清丽生翠，是岭南的夏令美物，在冬瓜盅里下一把，可以画龙点睛，生色吊味，平添无比神韵。

冬瓜盅不宜在家做，因为人口不够，器具不齐，没有酒楼那种高身炖锅。我通常做瓜茸八宝羹，把冬瓜蒸软后，加高汤搅打成茸，再加进冬瓜丁、火腿丝和海鲜粒，煮成家常版的冬瓜盅。

有一回，朋友送我一条自己种的大节瓜，粗长如儿腿，正好能竖放在煮意大利面的深锅中，于是我拿来炖冬瓜盅。先以火腿和老鸡熬汤，注入去瓤的节瓜里，以中火蒸半小时，使其渗浸交融，做成汤底。

然后整治物料，把虾蟹干贝和丝瓜分别汆焯过，剥壳拆肉切丁，和鲜莲子一并放进瓜腹，上锅以大火蒸一刻钟，最后撒上夜香花。掀开来清香扑鼻，黄白红绿交映，吃来芳馨可人。节瓜的肉地比冬瓜实净，味亦较浓，自种的有机蔬果，茸肉的口感更为致密绵糯。

今年又问朋友要，谁知她改种了小黄瓜，“不种节瓜啦，长得鬼咁大，吃不完又送不掉，你要小黄瓜就来摘吧”。

但小黄瓜不能做冬瓜盅，那样的节瓜盅仅此一次，就像生命中某些人与事，可遇而不可求。

风马牛相及

赵健雄

南北的茄子外形差异很大，北方的茄子几乎是圆的，一个足有二三斤重，南方的茄子则又细又长，一根不足二三两。这和两地人的个儿倒是相合的。吃起来，当然是北方的茄子痛快，削去皮后，切丝切块，或蒸或烧。一般的蔬菜多炒了吃，惟少数几种用烧的办法。所谓“烧”，即先以油炸，然后再用慢火烧煮，这样做出来的茄子入味，也软。北方人亦以此法烹饪土豆。精致一些，如“烧茄盒”，是在两片茄子中间夹以肉糜，外面裹上粉糊，再用同法炮制，这就更好吃些。南方人口味清淡，是很少这样吃的，茄子多素做，佐以番茄或辣椒，便有了各种滋味。说来也巧，这几种蔬菜同属茄科，似乎先天就有缘分。

茄子原产印度，也是外国来的。这个世界各方面的交流早在许多年前就开始了，或许它的传入比佛教更早呢！也可能正因为那里有各色好吃的蔬菜，佛教才有吃素的习俗；而传入中国之后，操守就变得困难。禅宗更几乎废除了一切戒律，所谓“酒肉穿肠过，佛祖心中留”，让人不知说什么好了。是否因此才有各种好吃的蔬菜引入？我也晓得这近于胡说，但历史的底里，或潜因，实在是高深莫测的。譬如，法兰西革命与拿破仑的个子到底有没有关系？又有多少关系？他如长得魁梧一些，情场得意，生活道路更顺畅，也许就没那么强的斗争性了。而这对欧洲的面貌会有什么影响？

食品丰富显然影响着中国人的生活方式乃至思维与哲学，这是多少年来引进的，现在又影响着异域。茄子只是其中之一。吃茄子想起这些似乎风马牛不相及，但这世界有什么东西是彼此完全没关系的呢？以科学家的说法，亚洲南部的一场风暴的起因或许便是北美某只蝴蝶翅膀的扇动。生活在这样一个世界里的人类与其他动植物，却在各自妄为。我们无法预见这一切的后果，却不能不怀着隐忧。

且举筷吃茄子吧！

瓠子汤

周作人

夏天吃饭有一碗瓠子汤，倒是很素净而也鲜美可口的。在我们乡下这是本末如一的长条的瓜，俗语叫做蒲子，谚语有云，冬瓜咬不着来咬蒲子，这是说迁怒，也含有欺善怕恶的意思。有一种圆形的，即是所谓瓠瓜，肉也可以吃，老了锯开取壳做瓢用，北方很多，在乡下却不曾见过。还有葫芦，即是铁拐李等人所拿的，叫做活卢蒲，嫩时可吃，与蒲子差不多，仿佛还要好一点。这在仙人手里常发毫光（也就只在图画上看见是那么样），大抵因为里边盛着仙丹之类的缘故，若是凡人有如看守草料场的老军却只用以装酒，山乡的人买麻油酱油多用长竹筒，想来即是同一道理，因为他不容易洒出来罢了。我吃过的活卢蒲也只是放汤，虽然据说还有别的吃法，如旧书所记，唐郑馀庆召客会食，令左右告诉厨子，烂蒸去毛，莫拗折项，诸人相顾以为蒸鹅鸭之类，良久就餐，每人前下蒸葫芦一枚。葫芦与瓠子的汤都是很简单的，只是去皮切片，同笋干等物煮了加酱油而已，虽然瓠子也有红烧的，却似乎清味要稍减了。每年在夏至那天照例要吃蒲丝饼，用瓠子切丝煮熟，加面粉白糖和匀，入油中煎之，每片约如手掌大，是祭祖供品之一。小时候很喜欢吃，同中元的南瓜饼一样，可是蒲丝的味道也吃不出，只是一种油炸的甜食罢了。

1950 年 7 月 8 日载《亦报》

那些木瓜

沈宏非

在我的园子里
有一棵木瓜树
那些木瓜
一棵棵地吊在树上
熟透了的木瓜
有一种淡黄的色泽
熟透了的木瓜
味道甜丝丝的

《青木瓜之味》就是在梅梅和浩仁的朗读声中演完的。这张碟我已经看了三次了。第一次，是把它当成“越南硬木家具展”来看；第二次，又看成了“越南传统庭园及硬木家具展”；看到第三次，才开始把注意力集中到木瓜——“那些木瓜”之上：逆光里，乳白色的汁液从木瓜里慢慢地分泌出来，一滴，又是一滴……

The Scent of Green Papaya 又译《青木瓜飘香》。木瓜的确很香，那种香味的确也能“飘”起来。但是，不管是“青木瓜飘香”还是“青木瓜之味”，并不是每个爱看这部电影的人都能接受的东西。在大部分北方人看来，木瓜是一种十分“南方”的瓜果，带有浓郁的“蛮”气。生食已嫌气味大异，入馔更是不可思议之事。也难怪，木瓜在汉语中最早的名字就叫“番瓜”或“番木瓜”，原产墨西哥，约十七世纪传入中国，初大量种植于广东，继由广东舶去台湾。清代植物学家吴其濬在《植物名实图考》中以“番瓜”之名写道：“番瓜产粤东，海南家园种之，树高二三丈，枝直上，叶柄旁出，花黄，果生如木瓜大，生青熟黄，中空有子，黑如椒粒，香甜可食。”

其实，不仅对中国的北方人，“那些木瓜”当年也曾在欧洲人的心目中唤起过某种浓得化不开的异国情调。木瓜目前全球通行的正式洋名 Papaya，亦由东南亚热带土话 papaia“归化”而来，很有些“那些”的意思。（我据此推测，*The Scent of Green Papaya* 法国人看了叫好，中国人看了也叫好——不过，中国人里的广州人虽然也叫好，但是叫声不会太大，尤其是在那些视“那些木瓜”为家常便饭的广州人看来，这个片子大致上可视为一部配了越南音的国产片，而且是珠江电影制片厂生产的。）

不知是不是因为“那些木瓜”在二十世纪之前曾经被广州人广泛地用来喂猪，现在的广州，木瓜似乎主要以入馔为主，生食相对少见，遑论像《青木瓜之味》里那样的凉拌。木瓜煲猪骨是一道家常得不能再家常的例汤，入口是清甜，入肺是清润，最好再加点雪耳，又有了“木瓜炖雪耳”这种美容炖品的意思。到了餐馆里，“原盅木瓜翅”更是食客们近年追捧的热门。这道菜传自泰国，常用的大个头海南木瓜除了充当翅汤的容器之外，香气是狂飘了一阵，木瓜本身的滋味却乏善可陈。食客爱之，主要是因其模样可爱，铺陈有趣；店家爱之，怕是因它能省下一笔清洗碗盏的开支吧。

其实，无论是煲汤还是做容器，木瓜最主流的用途还是与奶有关——回到《青木瓜之味》开头的那一幕。木瓜鲜奶、木瓜奶昔以及各种牌子的木瓜牛奶饮料固然好喝，然而，在广州人的形而上学和形而下学里，木瓜与奶的关系远不止这些。“乳瓜”是木瓜的一个曾用名，盖因果实尚未成熟的青木瓜被划破之后，会有类似乳汁的白色汁液渗出。事实上，在广东的民间医学理论中，木瓜向来被用做催奶的神奇元素。正式的说法是，木瓜素（或木瓜碱，有疏通淋巴的活性）有促进乳腺的功能，故不仅产后催奶，而且产前健胸——反正前项是真的。六年前，老婆产后不下奶，我曾经像一个巫师那样以木瓜和章鱼为主料，在厨房里亲手炮制过这样一煲催奶汤。果然，汩汩然，汤到奶下，立竿见影。拍手称快并啧啧称奇之余，曾经向人打听过章鱼的功效何在。答案是：木瓜的意思，我不说你也明白；章鱼者，八爪也，章鱼舞爪，象征四通八达，香港之地下、地面公共交通工具网络通用储值票叫什么不好，为什么偏叫“八达通”，英文 octopus，章鱼也。双管齐下，奶奶的，奶安有不出之理？

I 服了 U——U 包括那些木瓜、那些章鱼以及做出以上解释的那五个人，有男有女。《青木瓜之味》的结尾如果真的让广东人来拍，应该还是会在梅梅和浩仁的朗读声中告终，只是朗读的课文怕是要改成中文了：

投我以木瓜

报之以琼琚

匪报也

催奶健胸也

一素到底南瓜头

许冬林

在饭桌上，伸筷，遇到一盘清炒南瓜头，仿佛遇到深山水泊处的隐士，内心倏然清凉寂静。

南瓜头，实则就是南瓜藤上的嫩茎蔓，并杂以嫩叶柄。撕去茎蔓叶柄上带刺的表皮，再剪成条状，清水灌洗。细睹篮子里滤过水后的南瓜头，一根根，玉树临风的样子。用植物油下锅，佐以青椒丝或红椒丝，清炒。火要辣猛，翻炒要快。放盐少许，盐多菜显老。放糖少许，糖可以收收野性，增添它的亲和。起锅时拍两粒蒜瓣，美味告成。

暑热的天气，肠胃脏腑皆成火焰山，唯有一盘南瓜头的盈盈青绿芭蕉扇似的，可救。筷头子上挑几根过来，横在碗边，一碗半碗的米饭妥帖入喉。漫长的暑天时光，在食物里被一寸一寸消解。盼夏天，其实是胃在盼夏天，盼夏天水灵灵的瓜果，以及每天一盘翠绿翠绿的南瓜头。

有一次，在饭店吃饭，服务员端上盘南瓜头，用肉丝炒的：一见，恨从脚底起。怎么可以这样亵渎南瓜头呢！格调低下的荤腥，怎么可以挤进南瓜头的怀抱里！南瓜头只宜素炒，永远。它是纯粹的！一颗心素到底，不同流，不合污，不与油滑浅薄者为伍。

夏天，在家里，上午的时光总会用来撕上半篮南瓜头。中午清炒，佐青椒，一素到底。碧绿的南瓜头卧在净白的瓷碟子上，一眼看去，只觉民风纯正，山水清明。吃南瓜头的时候，不知为什么，总会想起明清小品里的那几个人。

南瓜头的身份，在菜品里，也只能算是一种野味一个配角了，而且，永远无法给它加官晋爵——实在想不到，除了辣椒，南瓜头还能跟什么菜混搭起来合炒。

我在江边小镇，过的也是一素到底的日子：工作之余，写点小文，种些家常小菜，养几样不成气候的花木……自觉，这状态也是野生的状态。偶尔，会指导家人炒南瓜头，提醒他要一素到底。南瓜头有节，成全它。

黄瓜杂俎

聂凤乔

一盘凉拌黄瓜放在面前，使我浮想联翩。

翠绿的黄瓜为什么姓黄？蓦一问，会使你瞠然不知所对。

黄瓜的名儿很不少。《植物名实图考》叫它“刺瓜”，这指的是北方型品种，现在山东的“宁阳大刺黄瓜”和“北京刺瓜”等，还是全国有名的优良品种；南方黄瓜一般没有刺。有的地方叫它“勤瓜”，是不是越勤快越丰收呢？黄瓜一般亩产约七八千乃至万斤，勤于侍弄可达二三万斤，最高纪录见于一九七八年《农村科学实验》，山西长治某菜场大棚黄瓜亩产四万挂零，不知有无虚夸。

《滇南本草》《茶余客话》等许多书上叫它“王瓜”。这还有一段公案。李时珍为了正名，在《本草纲目》上指出“今俗以《月令》‘王瓜生’即此，误矣。王瓜，土瓜也，见草部”。然而，不但他以前历代搞格物的老先生们分辨不清，他以后的也未见改进。《古今图书集成》还是将王世懋《学圃余疏·瓜蔬疏》中的王瓜（实乃黄瓜）给分到了土瓜条下。要区别清楚，只有在植物学的分类上，民间却总是将黄瓜、土瓜都叫王瓜。例如吴语系中“王黄”不分，黄瓜也得姓王。鲁迅著作中的黄瓜就是写作王瓜的。

福建有的地方叫它“啬瓜”，见《闽产录异》，不知何指。广东一带至今仍叫“青瓜”，从颜色说，倒是名实相副的。

其实，最初它叫“胡瓜”。那是因为它是西汉时从西域引进的，故而和芫荽叫胡荽、核桃叫胡桃等一样，都冠以“胡”字。改叫黄瓜有二说。其一是杜宝的《大业拾遗录》：“（隋大业）四年（608）九月……改胡瓜为白露黄瓜……”另一说见唐代《本草拾遗》，说是后赵时（319—332）北方避石勒讳而改；明人朱国祯的《涌幢小品》说是晋代，时间也相当。可是，这两说都不尽对。因为东汉时黄瓜这个名称已经出现。例如，东汉人伪托西汉人撰写的《列仙传》上有“服闾者……有三仙人于洞中博，赌瓜，使服闾担黄瓜数十头，令瞑目，乃止方丈山”。石勒之时，恐怕是去“胡”留“黄”吧。

石勒是羯族人，反对将北方少数民族叫“胡人”可以理解，胡瓜改黄瓜，也未为不可。只是这个做法——避讳，却是学汉人的。封建社会里，这是老把戏了。三国时，南京叫建邺，为了避晋愍帝司马邺的讳，改叫建康。扬州原叫广陵，为避杨广讳而改江都。唐文中有时会出现“陶泉明”这个名字。不必费神考证，这是陶渊明，避李渊讳而被改掉的。活人的名字更不必说了。写字遇讳也得添笔、减笔，因为弄不好要掉脑袋的。小小胡瓜改叫黄瓜，在封建特权之下又有什么好说的呢？

至于黄瓜之姓黄，乃因它老熟以后，通体变黄。在北魏时，采摘黄瓜要等它色黄，此说见于《齐民要术》。不像现在，黄了反而嫌老不吃了。

通常，黄瓜只有一尺来长。我见过个报道，驻藏解放军种出过十八斤重的黄瓜，我以为了不起。谁知巴西一位农民种的黄瓜，竟然长 1.32 米，重三十公斤。后来，又见资料，匈牙利一位业余园艺家培育的黄瓜达到 1.7 米长，被誉为“黄瓜之王”。不久，一个刊物介绍，印度的大黄瓜可以长到 2 米，粗 0.12 米。这样下去，很难想象黄瓜将会大到什么程度。

对有些东西，有的人总以为越大越好。于蔬菜我却觉得未必。资本主义社会具有竞争的本质，什么都赛，蔬菜也赛大个儿的，什么大南瓜、大洋葱之类。我们在“大跃进”时也闹过这个，“放卫星”嘛，有大冬瓜、大甘薯等。这些蠢然大物，除掉哗众取宠，或供生物学研究之外，究竟有多大实际意义呢？例如黄瓜，96%左右是水分，比原来大60倍，倘无特殊改变，无非增加60倍的水分而已；何况30公斤重的黄瓜一般家庭无法利用，除非像大冬瓜一样切段卖，或者只供应食堂、饭店。

相反，人们对于小黄瓜却十分喜爱。那是小到二三寸的“乳黄瓜”，有的地方叫“黄瓜毛”。按标准是：无籽皮薄，鲜绿带花，头尾匀称，每斤二十五条。这种小黄瓜，小巧玲珑，惹人怜爱。此物南北皆有。北方是虾油小菜的原料，南方是酱菜的妙品。扬州三和酱菜厂的传统产品“罐装乳黄瓜”，外销至东南亚以及欧美等许多国家。《扬州志》说，这种乳黄瓜是张骞通西域时带回的种子，在扬州落户已经一千八百多年了。

虽然有生产乳黄瓜的基地，供应量还是有限。于是，科学家利用杂交或嫁接来培育这种小黄瓜。终于有成果了，用黄瓜和扁豆嫁接，在叶腋下能像扁豆一样长出一簇簇的小黄瓜，鲜嫩异常，很宜于做酱菜，被称作“虾瓜”。还有的将黄瓜和南瓜嫁接，将二者的优势结合起来，据说可以根深叶茂，茎粗秧壮，抗病早熟而且多产。

黄瓜水分多，酥脆可口，且有一股特具香味，虽不甜，人们却爱将它当水果吃。印度就是这样吃，认为它清凉止渴。在我国，通行的生吃法是凉拌，拍黄瓜或切片后先腌一下再拌。切丝做凉面的菜码也常见。农村中还喜欢用整根黄瓜蘸酱下饭。酥脆，是菜肴中受欢迎的口感之一，黄瓜还具多汁之长，兼有润感。这些是它在国内外被用作凉拌原料的重要原因。群众的昵爱有时融汇在俗语中。例如，“胡椒拌黄瓜——又辣又脆”，“小孩吃黄瓜——咯嘣脆”，“黄瓜打锣——一下子”，等等，不都形声兼备地表述了黄瓜酥脆的特点吗？

如果正规一点，凉菜中的“炝黄瓜皮”是值得推荐的。黄瓜皮（略带肉）旋下、削下均可，切片，可按喜爱或长片或菱形，还可以连刀，略腌一夜；第二天用凉开水冲洗一下，控干铺于盘中，准备下调料供馔。这调料是大可讲究的，因为南北各殊，酸辣不一。西安有一种是：芝麻油加热，下葱丝、姜丝、干辣椒丝煸炒，出味后再下糖、盐、黄酒、味精、醋和适量水，熬成汁浇在瓜上即成。北方有用芥末的；南方完全不用葱辣，芝麻油也不加热，有的还加糖或虾皮之类。不管怎样，这个菜待客会令人满意的。还有个拌法，“黄瓜拌海蜇”，不仅色泽淡雅，而且酥脆配韧脆，风味别致。掌握这个规律，可以配出许多凉菜来，如配肚丝、鸡丝、鸡鸭胗丝、蛋皮丝等。至于配粉皮，酥脆配软滑，已为人们所熟知了。我在宝鸡、平凉一带吃过一个菜，“猴戴帽”，就是黄瓜拌粉皮。黄瓜切丝盖在粉皮上，浇荤汁，加芥末、辣椒（油炝的），地道西北口味。凉菜吃得冒汗，于我乃破题儿第一遭。

加热的菜中，单用黄瓜的极少。有一个“熘瓜条”，就是“炝黄瓜皮”削下来的瓜心肉切条，用熘法做的。荤炒大都用它做配菜，还可用它做酿菜。兰州友谊饭店有一道“花鼓黄瓜”，就是黄瓜去瓤加馅，再在皮上加上鼓形装饰制成的。做汤，都是切片氽汤。烧煮黄瓜却未见过。本来嘛，黄瓜以新鲜酥脆见长的，烧煮软烂以后，风味尽失了。

西餐更是纯作凉菜：或切片作拼盘装饰，或作沙拉用料。例如“奶油黄瓜沙拉”，黄瓜洗净消毒后，去皮切片，用胡椒粉和盐拌匀后装盘，尖端挤上奶油就成了，上席可以用生菜等点缀。

外国人尤其爱吃酸黄瓜，俄国人更甚。这种酸黄瓜有两种做法：一是腌，一是拌。俄国有一种“涅盛斯基黄瓜”，是在南瓜中腌制成的。他们有时什么菜也不要，只吃腌黄瓜，甚至用它下伏特加。列宁赞赏的契诃夫的小说《第六病室》中，就有一段一位医生用腌黄瓜下酒的描述。西法拌制的酸黄瓜和我国的拌法不同。西法是：芹菜切段，蒜剥成瓣，和辣椒面、盐、胡椒粉一同装入盖钵中（量多可以用坛子），浇入开水放温；黄瓜洗净控干，整条或切段加入，上面盖上小茴香（用茴香籽也可以），封口，放在温度较高的地方，一夜就行了。我们的呢：黄瓜切块腌数小时，控去盐水后，煮适量白醋趁热倒进黄瓜，过两天两夜就可以吃。万一嫌酸，可以加糖，也能蘸辣酱吃。饭前吃一点，确有醒胃之功。

我们也有腌黄瓜，但不像俄国人让它变酸。那是极清爽的就稀饭小菜，还有酱黄瓜亦然，而且有些甚有名气。比方，山西临猗的“王瓜酱菜”，一九一五年在巴拿马国际博览会上曾经获得银牌奖。这是用当地产的绿皮白心的地黄瓜制成的，香味浓郁，咸甜适口。酱黄瓜还可用来做炒菜“瓜姜里脊丝”等。

我国古籍中关于黄瓜的做法不太多，可供仿制的有吴氏《中馈录》上的“蒜瓜”：

> 秋间小黄瓜一斤，石灰、白矾汤焯过，控干，盐半两[1]腌一宿。又盐半两，剥大蒜瓣三两，捣为泥，与瓜拌匀，倾入腌下水中，熬好酒、醋浸着，凉处顿放。

这种做法已很难见到。另外，《孔六帖》上还介绍了一种叫“鹅阙”的菜，“南诏脍寸鱼，以胡瓜、椒、葵和之”，语焉不详，但是以黄瓜为配料是很清楚的。

黄瓜生吃，其好处在于能充分利用它的养分和其他有用成分。

中医说法，黄瓜味甘，性凉，能清血除热、利水解毒，而且它的肉、皮、秧、藤、子、根都可入药的。皮可以利尿，子可以接骨，藤可以镇痉，秧可以降压，根可以解毒。其

[1] 十六两秤，下同。

中有些已经现代医学证明确有效果。如秧（包括藤），做成煎剂按医嘱服用，不但降压，还能降低胆固醇，这就是“清血”的意思。其降压机理在于它能降低血管阻力，减少心血输出量。有的医疗单位已经制出“黄瓜藤片”供给患者了，据报告疗效达到80%左右。北方人讲究冬天吃黄瓜，据说可以去除睡热炕、烤炉火所致的燥热，有解火毒之功。还有一种“黄瓜霜”，制法和“西瓜霜”相似：黄瓜顶上切开一洞（留原皮作盖），掏去肉瓤，将适量明矾塞进去，以满为度，盖严，用竹签钉牢。用一线网袋将它吊起来，挂在阴凉透风的地方，十天后瓜皮上就不断冒白霜，就是“黄瓜霜”。可以扫下，装瓶待用。它对扁桃体炎、咽喉肿痛疗效很好。此法《本草纲目》《随息居饮食谱》上均有，不过不是明矾而是芒硝。

就养分来说，黄瓜在维生素方面还可一提，尤其是维生素E（又叫生育酚）含量比较多，多在它的嫩籽部分，吃时尽量不要挖去。这种成分有促进细胞分裂、推迟衰老进程的功能，据动物实验，食物中增加1%的维生素E，能延长寿命45%。

卖瓜的不说瓜苦。吃黄瓜有时吃到苦的很讨厌。去除方法也不难：切下瓜蒂与瓜身摩擦，去掉一些乳状物就行了。不过，此苦味之弊却又是一利。近代医学证明，黄瓜近蒂部分的苦味是一些葫芦素的作用；而动物实验，葫芦素却可以抗肿瘤，尚不知于人体如何。日本名古屋大学的一些教授研究认为，烟酒嗜好者和爱吃咸的人容易得食道癌，常吃点黄瓜、西瓜可以减少这个危险。

黄瓜还有助于减肥，这是因为它含有的丙醇二酸，能够抑制糖类转化为脂肪。近年，一位俄罗斯学者建议用黄瓜汁制成软膏用于美容，于干燥、多皱的皮肤有好处。

贵州有个说法，“黄瓜上市，太医行时”，似乎黄瓜是不祥之物。不，即使古药籍上说它“有小毒”，也从来没有证实过它毒害过什么人。倒是另外两点值得注意：其一是它上市的时候，正是夏秋季多发病开始流行时分；其二是黄瓜大多生吃，而市售黄瓜十之七八沾染有大肠杆菌和痢疾杆菌、伤寒杆菌、蛔虫卵等。从这两点来说，“有小毒”也能说通。因而，吃黄瓜注意清洁、消毒是很必要的，肠胃不太好，病后产后，均不宜吃。

据说，黄瓜已有六千多年的栽培史，最初引种自印度西北的森林中。非洲有黄瓜也很早。基督教《圣经》中承继自犹太教的《旧约全书》中有这样一段话：“我们记得在埃及的时候，不花钱就吃鱼，也记得有黄瓜……”欧洲有黄瓜的记载约在公元一世纪。罗马帝国的第二任皇帝提庇留爱吃黄瓜，几乎每餐都备。至于引入俄罗斯，已经是很久以后的事了。英国到十六世纪开始种黄瓜，十八世纪才大面积推广。

现在，黄瓜已经大量种植，价格便宜，成为家常蔬品了。须知在历史上，它曾经颇为昂贵的。陆游有句曰：“白苣黄瓜上市稀，盘中顿觉有光辉。”这个“稀”并非稀少，乃稀罕、宝贵的意思。过去的黄瓜，尤其是温室的，贵得简直骇人听闻，而且多是宫廷供品。唐人王建句曰：“内园分得温汤水，二月中旬已进瓜。”这个瓜就是黄瓜。明代《帝京景物略》说：“元旦进椿芽、黄瓜……一芽一瓜，几半千钱。其法自汉已有之。”著《国榷》的谈迁写的《北游录》中也记有：“三月末，以王瓜不二寸辄千钱。”姚雪垠的《李自成》第二卷中还有二十两银子买两根黄瓜为皇后寿诞做黄瓜汤的记述。居住在北京的老人也许还记得，解放前，冬季买一根温室黄瓜，要一块银元。

现在呢？温室黄瓜价格很少上元，大田的更便宜了，上市季节时甚至一毛一堆。这一贵一贱，应该使我们懂得很多很多。

卷三　感怀豆子

黄豆在黄州

古清生

我只觉得黄州是一个奇迹。黄州像出了许多历史名人一样，出过许多美食，附会在苏东坡身上的诸多美食不论，黄州完全可以构成自己独立一个菜系。至于美食方面的民间传说，亦真亦假，即不论相信其有，或相信其无，都可能犯上片面的经验性错误，因为民间的传说总是在不停地修改的，它往往趋向今时。比如说燔谷而食，以今时眼光看，那就是小米爆米花，但原始时代肯定不是这样。带壳的谷子搁在烧滚的石头上烤熟，到有焦香时取而食之，其中或许可以爆起一些米花，然不是专业爆米花，燔谷而食就是燔谷而食。黄州的诸多美食，与黄州的地产、文化和生活方式相关，关键是黄州美食表达在民生之中。

黄州这个地方现在叫做黄冈，有一种食品可能贯穿黄州人的一生，那就是炒黄豆。炒黄豆对于黄州人来说有多么重要呢？黄州人从孩提时开始，一直到老，他们都吃炒黄豆，不论社会地位高下，不论在本乡本土生活一辈子的黄州人，还是在京城身居显位，抑或漂洋过海生活在现代文明国度，一把炒黄豆仍是他们的最爱。这种喜爱非常奇特，黄州人的独立个性与炒黄豆有关系吗？

有一天，我忽然发现，黄州人就颇似炒黄豆。每一粒炒黄豆都十分优秀，圆润饱满，香酥干脆，然彼此没有关联。黄州人也都十分优秀，所有的黄州人集合起来，就如这样一锅炒黄豆，是一锅典型的散豆子，毫无合力而言。这就是黄州虽然出了那么多人才，但黄州自身的发展不尽如人意。他们在外面的合作也鲜见经典之作。这个推测也许黄州人不以为然，然而提出来可以供黄州人思考。

现在去访问一些黄州人，他们仍会承认从小就将炒黄豆当零食，装在特别缝制的兜兜里，人长大些就装裤袋里，一粒粒地往嘴里扔。总是一粒粒地往嘴里扔，嚼一口的豆香。在黄州的大街小巷，今时卖炒黄豆和炒豌豆者，随处可见，尤其在老街上比较多。两个干净的旧布袋，装有十斤八斤炒黄豆和炒豌豆，袋口小心地翻卷过来，露出炒得爆有小裂的豆子，旁有一杆小秤，炒黄豆三元一斤，炒豌豆二元五角一斤。炒豌豆比炒黄豆便宜，可以论斤，也可以论两买。

黄州地处大别山南麓，长江从城市边上擦过，声名在外的是黄州赤壁，号称文赤壁。因苏东坡在此写过《念奴娇·赤壁怀古》而闻名，故称文赤壁。黄州这地名改来改去，叫黄冈的时间比较长。现在叫黄冈，全市人口有七百万。有趣的是，它下面有一个将军县，还有一个教授县。教授县是蕲春县，因为黄冈中学大名在外，多少掩了蕲春县的光辉。坊间有“无黄不教”之说，就是黄州人在外面当教师的人特别多，每一座大学都有黄州或曰黄冈籍的教授。旧时，那黄州的教授，课间授课，间或从裤兜掏出一粒黄豆扔入口中，速度极快，动作也十分洒脱。嚼着黄豆，课就讲得行云流水，海阔天空，学子们不知先生吃的何物，乃炒黄豆也。

豆的系念

周同宾

在中原，豆不是主要庄稼，不像高粱、玉米、小麦、红薯，成大片种。农民的一日三餐，也不以豆为主食。我儿时，是这样，到如今，仍是这样。豆类是庄稼的点缀，吃豆是生活的点缀。豆类种得少，吃豆的机会更少（当然绿豆面条常常喝，可那不是豆，已经磨成面了）。每吃一次，都有长远的记忆。豆类，古代称菽，似乎广为种植。《诗经》中就记载着“中原有菽，小民采之”。还留下“菽水承欢”的典故——贫寒之家，给父母吃豆子喝清水也算尽了孝道。因为多而普通，古人就常用那个表示多而普通的比喻——“若中原之有菽”。

不知道从什么时候起，豆类就稀缺了，稀缺得难得一吃。

黄豆

种黄豆，只为过年磨豆腐。财主家过年，一下子磨三板豆腐，全村人都羡慕。富裕人家只磨一板，贫寒人家只能端半升黄豆，去豆腐坊换几块豆腐。我家很少种黄豆，有一年，用给牛驴当料的黑豆磨豆腐，做成的豆腐黑黢黢的，像鳖肉的颜色。我不爱吃豆腐，黑豆腐更难吃。母亲说，豆腐炒三遍，给肉都不换。我觉着，炒一百遍也不如肉，因为炒豆腐舍不得放油，只用锅铲儿在油罐里插一下，带出的几个油滴儿没有小雨的雨点儿大。

炒黄豆最好吃，只吃过一两次。

村北有个瞎二爷，晚上常来我家串门。他年轻时候不瞎，进老境，先是眼前灰蒙蒙，后来变成黑乎乎，就瞎了。为和其他两个二爷区别，我叫他瞎二爷。当然只是背后叫，偶尔当面叫了，他也不生气，笑道："瞎就是瞎了嘛，能算亏说我啦？"白天，我父母忙，他总吃过晚饭来。从他家到我家，荒草中的路绕几十道弯，还有沟有坎有树。从没有跌倒过，也不会走错路。路在他心里，眼在脚上。夜里和白天一样，眼前黑，心里亮。

记得，那是腊月的一个晚上，东北风像狼嚎，真担心我家草屋的屋顶被风揭跑。全家人坐堂屋烤火，高粱壳炬出满屋烟，只放一根灯草的油灯灯焰像薄云遮住的一颗星。烟暖房，屁暖床，是前辈庄稼人总结出的经验。屋里果然暖和。门吱吁一声，瞎二爷双手插袖里迈过门槛进屋，边说“这风真亲人，直往脊梁沟里钻”，边坐他常坐的木墩上。随即从袖筒里倒出两把黄豆。子儿都小，呈腰形，不像如今的黄豆圆滚滚的。拿来给牛拌草时舀料水的马勺，烤干，放进豆炒，边炒边平行摇晃，怕煳。一会儿就爆出响声，咔咔啪啪，很是热闹。

又一会儿，豆儿直想往外蹦，便拿一个饭碗扣上。响声变得闷闷的，似有一串小炮儿在碗里炸。等豆儿不再响，就炒好了。揭开碗，豆儿成了黄褐色。瞎二爷说：“凉凉再吃；现在就吃，一来烧嘴，二来不焦。”我急，馋得口水儿滴进火里，滴出嗞的一声。给我一把，瞎二爷和父母都只吃几粒。我不忍吃快，又不想吃慢，就一粒一粒细嚼，嚼得咯咯嘣嘣响，越嚼越香，直香到腮里。那整个夜晚都变成了香香的，梦也是香香的。就在我吃豆儿的时候，瞎二爷和父母说闲话儿。他眼看不见，却知道古今许多事，能说出许多庄稼人不解的理儿。我没认真听，只有四句韵语引起了我的兴趣：

千年古路踩成河，
铁锨把总在粪堆上折（shé），
皇帝身上搭鸟窝，
庄稼汉犁出个金印当秤砣。

鸟窝怎能搭到皇帝身上？犁地怎能犁出金印？瞎二爷说："皇帝死了，坟上长了树，树上搭了鸟窝嘛。鸟活着，四处找食儿，真命天子没气儿了，给他豆儿也不会吃。啥都会变哟。"我想半天，还没想明白他的意思。那可能是我第一次想吃饭、穿衣、放牛、玩耍以外的事情，第一次对看不见的东西作形而上的思考，虽然没有结果。那四句韵语，像一首诗，一个谜，像《推背图》《奇门遁甲》里的话，内中涵义不只有家常理道，似乎还关乎人生、世界、历史，直到今天，我还没有想透。

瞎二爷算得上乡村哲学家。若不是吃他的炒黄豆，我早忘了他那四句隽永的话。

还吃过一次炒黄豆。

那是仲春的一个上午，天很蓝，像染坊刚染出的靛蓝。好日头，晒得人身上热，心里痒。我去村头玩。没人和我玩。孩子只能找孩子玩，和大人玩不一块儿，大人也都忙着。就钻进野树林，看斑鸠噙柴筑巢，看野牵牛缠上白蜡条开出第一朵喇叭花。很想惊出一只兔子，起码轰出一只蚂蚱，都没有。真没劲。嗐，这一晌可咋过。扭头看见四儿蹦着跳着来了，两条细而长的发辫像拨浪鼓两边拴了小槌儿的绳子，也在她肩上蹦着跳着。四儿大我两岁，个子没我高，懂事比我多，嘴巧，说话像巧八哥儿。她说："你看，桃花儿开了。"说着，下巴朝前一拱（她下巴尖，赛似瓜子的小头），指给我看。真的，树林是个镰刀形，在镰刀尖的地方，几棵桃树满枝红花，鲜艳如火烧云。我俩飞快跑去。那是野桃，乡下人叫毛桃，再长也长不高，枝干都长成七扭八拐，好似在大树底下受着委屈（大人们就说过，野桃树是屈死的小媳妇变的），花好看，结果却小，吃着酸涩（据说熟透后才甜，可不等长熟顽童们都摘光了）。我俩看花，不会形容花的美丽繁盛，只啊啊大叫表示感叹。没有蝴蝶，倒有几只野蜂儿在花上飞飞落落，亲了这朵亲那朵。四儿说："别碰蜂，蜇了疼。"我不禁折下一根小枝，枝上有四朵花，插她发辫上。她就笑了，两眼笑成了初四初五的月牙儿,还在右脸蛋儿上笑出一个不深的坑儿。我说："你真好看。"这大概是我第一次看出人有俊有丑，第一次知道天地间除了好看的景致，还有好看的人儿。她有点儿不好意思，脸红了，红成一朵桃花，就更好看。许是为了不让我再看她，手插衣袋里摸呀摸，摸出五粒炒黄豆："给你吃。"又摸，摸出两粒，抱歉地说："没有了，我吃完了。"她家有几百亩地，种成大片黄豆，秋风一吹，金浪起伏，如遍地大火滚涌。我吃豆，嚼得很响；她看我，笑得很甜。我香在嘴里肚里，她甜在脸上心上。七粒豆儿，吃了好长时间，吃出了两个孩子半晌快乐。

一阵风，刮掉一天花瓣儿，落我们一身，破旧的裤褂像立时缀上了锦绣。四儿说："我给你唱个歌儿，刚跟我姐学的。"接着就唱，不是唱，是说，只不过声音拉长了些:

一棵桃树高山上栽，
桃花都在云彩里开。
结的桃，西瓜大，
搬着梯子把桃摘。

不知为啥，我一听就感动，四句歌，唱出一棵稀奇的桃树。它的花一定特别大，特别红。那么大的桃，我俩吃也吃不完一个。这大概是我第一次接受文艺感染，第一次知道人的话能说出一片美景，一个美好的事物，而且说得动听。她又说："歌是人编的，桃长不那么大，只能长这么大。"说着，拳头一握伸我眼前。我看见，除了食指，她每个指甲都用指甲花染成了红的（据说食指包了红指甲得罪媒人，找不来婆家），好似每个指甲上都扣了一瓣儿桃花……

童年很少吃到的炒黄豆，香了整个童年。

瞎二爷在几十年前的大饥荒中饿死。四儿后来嫁给邻村一个跛了一条腿的杀猪匠，如今，怕早已当了奶奶。

我也已经老迈，齿牙动摇，食欲减退，好久没吃过炒黄豆了，即便吃，怕再也吃不出昔日的滋味了。这，正应了那句老话——当年有牙没豆，现在有豆没牙。

绿豆

豆花儿茶是指绿豆熬的茶。民谚说："凉水下米，滚水下豆。"锅烧开，水翻滚，绿豆放进去，一会儿就开了花儿。几瓢水，两把豆，煮出一锅茶。这茶祛火解毒，又特别好喝，淡淡的甜，却甜得醇厚，余味悠长，喝下肚，满肚子滋润舒贴，如三月的春风在心头吹。喝罢茶，沉在碗底的豆花儿更好吃，甜中有香，吃过以后，甜香依然在口。童年的豆花儿茶，含有故乡浓浓的庄稼味、水土味，偶一回想，总是动情。

童年并不常喝豆花儿茶，也很少吃到豆花儿。渴了，只舀半瓢凉水咕咚咚灌进肚子。有时也烧柳叶茶。柳叶茶不好喝，苦，大人不逼，从来不喝。

记得，一个黄昏，我站青草地上看成群老鸹组成阵势在村庄上空盘旋（那叫老鸹趪风），时时遮挡了晚霞，村里就一会儿明，一会儿暗，地上也一会儿黄，一会儿灰。千百只老鸹扇出的阵阵风声，一会儿山响，一会儿暗哑，一会儿粗犷，一会儿柔和。我正看得高兴，手舞足蹈，嗷嗷大叫，邻家黑哥来了。原以为他也来看老鸹趪风，却不料他来找我诉屈。说是他家烧豆花儿茶，他只喝一碗，他哥喝两碗，锅底的豆花儿，他哥全吃了，他妈不让他吃，原因是他哥拾回一大捆柴，饿，他只放半晌牛，没出力，喝一碗茶就够了。说着就哭了，眼泪豆儿大，噗嗒嗒滴湿衣襟。我理解他的忧伤，可也无法帮他，想骂他妈，张开嘴，一句臊话又咽下了。黑哥还在哭，哭得哽儿哽儿的，足见一碗豆花儿茶、一嘴豆花儿在他心里的分量。贫穷剥夺了农家少年多少起码的快乐和满足。我引他看老鸹踅风，那一会儿踅得特别壮观、精彩，踅起的呜呜风声，直震耳朵。他一时看得忘我忘情，才不再哭了。

绿豆有两种，一种爬秧，和玉米种一起，让它爬玉米秆上开花结荚。玉米熟，它也熟，割下拉回场里石磙一轧豆就出来了。一种不爬秧，花和荚都擎在棵顶。这种开两次花，结两次角，就要单种，三垄豆，空一溜地。豆角熟了，就得及时摘。我和母亲去摘豆，就站空地摘，踩不了豆秧。摘豆很慢，还得眼尖，漏掉的荚日头一晒炸，豆儿就落地了。一晌只能摘两竹篮。夜里剥豆。剥豆更慢，一个荚、一个荚剥开，最长的荚九个子，小的只一两个子。半夜剥完两竹篮，两竹篮能剥出两碗豆，两碗豆有千万个子。昏黄的灯光下剥豆，时间漫长又枯燥无趣，要不是想到能熬豆花儿茶，我决不愿干那活儿。可绿豆大部分都磨成了面，擀绿豆面条。世代贫穷的农民都知道，粮食子囫囵煮吃就糟蹋了，稀汤寡水地做成饭容易楦饱肚子。我家只在大忙天熬几次豆花儿茶。不是专一熬，是蒸馍时候抓把绿豆放锅里，馍熟，豆也烂。啃高粱面窝头，配捣碎的辣椒，或凉调萝卜丝，喝豆花儿茶，算是上好的伙食。我家锅底的豆花儿，大都让我吃了，我没弟兄。吃时忽想到，黑哥受屈，不能怪他妈，应当怨他哥，如果没他哥还不都让他吃了？

还记得一次吃豆花儿。

村南，水塘边，有个竹园。竹园里一间茅屋，住个老奶奶。老奶奶的脸黄而凹，像瓢，鼻子、眼、嘴都长在瓢里。老人家孤身一人。据说，她根本就没有出嫁过，因为脸丑，还因为脚大，找不到婆家。对孩子们却好，娃娃，妞妞，常结成伙儿去她家玩。她院里种花草多，指甲花、鸡冠花、夹竹桃、榆叶梅，瓦盆里、空地上，到处都是。还有一棵迎春花长成了树，还有一些竹子钻过墙根，在院里蹿出高高的青竿。还有一棵麦黄杏，树不高，枝杈密，结的杏儿小，却稠，站地上就能摘到。麦黄它也黄，一黄就熟了。孩子们去摘杏，老人不拦挡，只交代，一人只能摘三个，吃多了“上火”。在她家玩，只要不掐花草，不碰倒花盆，不惊扰正下蛋的母鸡，不去摸她神台上敬的观世音菩萨，她都不说啥，总笑笑地看着我们。

那日，老奶奶说：“你们帮我剥豆，给你们熬豆花儿茶喝。”说着，从屋里扤出一个好大的麦莛儿编的筐，满满一筐绿豆荚。又拿来一个柳条编的笸箩。我们坐下就剥，剥出的豆儿放笸箩里。她交代，豆荚里的子儿要剥净，掉地上的要捡起，一个也不能丢。看我们剥得还算用心，老人抓把豆儿去熬茶。我们嫌她抓的豆儿少，她说：“是熬茶解渴哩，不是治饿；财主家也不敢吃豆花儿当饭。”我们剥着，时时扭头看她的烟囱，烟囱冒出的青烟像一根绳子，拧着劲儿伸上屋顶，而后飘进竹林，蛇一样在枝叶间弯弯曲曲绕。孩子们一再问：“熬好没有？”老人家总是回答：“等豆儿剥完就好了。”烟囱没烟了，她还说没熬好，得捂一捂。果然，豆儿剥完，她说，可以喝茶了。她只有一个碗，就轮着喝。她给每人都舀半碗，碗底都澄有十来个开了花的绿豆，都不多也不少。那次豆花儿茶喝得快乐，孩子们笑，老奶奶也笑；她一笑，没牙的嘴好像鲇鱼……

豆花儿茶，童年的清爽的梦。

如今，乡下人仍舍不得常喝豆花儿茶。打下的绿豆，除了磨面擀面条，都卖了钱，或送给城里的亲戚。我家就不断绿豆，都是乡亲送的。每熬豆花儿茶，我的儿女却都说寡淡无味，不好喝。

豌豆

豌豆是喂牲口的。把豌豆磨两遍，碎成瓣儿，给牛当料。俗话说："草膘料力水精神。"草能上膘，水养精神，吃了料才有力气。父亲说，牲口吃草好比人吃饭，吃料好比人吃馍，肚里填进几个馍，干活才有劲。

牛不能天天吃料，正如人不能顿顿吃馍。农闲时，不喂料，就像人不干活时只喝稀饭。犁地、打场时，全靠牛出力，才喂料。喂也不多，我总看见，大半缸水，父亲只倒进半瓢豌豆瓣，用拌草棍搅，搅成浑水，再用马勺舀出，泼槽里的草上，反复搅拌，直到每根草梗每片草叶都滋润，豌豆的碎屑沾得均匀。牛呼哧呼哧大嘴吞，咯吱咯吱用力嚼，咕咚咕咚咽下肚，如同庄稼汉用粗瓷大碗吃饭。牛没上牙，只用长舌把草裹进嘴，一次根本嚼不碎，就要反刍（农人称为倒沫），不干活时让草从肚里回嘴里，再消消停停咀嚼一遍。大概只在反刍时才能感到草料的滋味。牛倒沫时有缓缓的节奏感，牛脖子下挂的铃铛随之丁冬丁冬，有声有韵。那是农家最温馨的音乐，使多少寂寞的日子变得充实。

驴的待遇不如牛。驴不能吃柔和的麦秸，只喂它硬棍儿似的谷秆，拌草时撒把磨面剩下的麸皮。驴不反刍，就吃得慢。彻夜吃草，咀嚼声嘈嘈切切，而又闷闷的，如几根皮弦在轻轻拨弹。驴的嚼草声为空寂的乡村的夜平添几许生动。我儿时，总在这嘈嘈切切的乐音中入睡。只在过年前需要夜以继日拉磨时，或卸了磨需要和牛一起碾场时，才抓把豌豆，给驴加餐，让它咯咯嘣嘣吃了，吃罢顿时有劲，不用打，就伸着脖子向前狠拽。

据说，财主家的骡子每天喂一升豌豆。骡子拉车拽磙比得上一犋牛。骡子在村中一声长嘶，在村外几里地都能听到。穷人家养不起骡子。穷人都种很少豌豆。

种豌豆不是耧耩的，是在犁地时直接把种子撒进犁沟的半坎；这需要技术，若撒进沟底，苗不容易拱出地面，若撒得离地表太近，出了苗墒不足就干死。豌豆常和大麦混作，大体上五比一。大麦分蘖（音“聂”，分蘖，禾本科等植物在地面以下或者接近地面处所发生的分枝）拔节后，豌豆开始长秧，正好爬上大麦，凌空开花结荚。如果没有大麦，豌豆席地长，不易通风见光，就少打粮食。

那日，小伙伴们去地里玩，四月的阳光一晒，心更野，都兔子似的跑，一口气跑到村东那条河边。本想去逮鱼，河里水太浅，像紧贴着河底流，鱼也小，捏着头看不见尾巴，身子还没长出。都败了兴，扭头看见靠河一片豌豆地。那块地八十亩，是村里面积最大的地，地名就叫“八十亩地”。起码种了四十亩豌豆，望去，豌豆苗遍地葱绿，豆棵中挺立的大麦已经抽出米绿的穗，像一万把小刷子，在南风里一齐扫来扫去。高处的豆秧还正开花，花是乳白色，好似绿叶间落了千百只蛾儿。那是白豌豆，如果是黧豌豆，就开紫红色的花。白豌豆豆秧甜，豆荚脆，且没筋，就特别好吃。狗儿爷说：“去呀，尝尝鲜。”像一群牛犊儿，都窜进地里，掐豆秧尖儿吃，摘豆荚吃，都嚼得两个嘴角流绿水儿。吃够了，还摘，打算回家吃。除了小扣，大家衣服上都没口袋，只能拿在手里。正摘着，狗儿爷说：“小扣，这是你家的地，咱摘这么多，你不心疼？”小扣说：“是我家的？那好啊，摘吧，摘两天也摘不完。”他家是财主，地多，他确实不知道哪块地是自家的。还没摘满把，狗儿爷直头一看，惊恐地说：“不好，小扣他爷爷来了。”都朝地边看，看不见。狗儿爷说：“正往这儿走哩，看那烟袋杆。”小扣他爷爷个儿矮，烟袋杆却比擀面杖还长，平时，从领口插在背后，烟布袋垂在肩上，安了玉石哨的烟袋杆就高出头半尺。此刻，那使得黑亮的紫竹烟袋杆，和反射着阳光的玉石哨，果然正一步步移近豌豆地。大家都慌了，手里的豆荚扔掉舍不得，藏也无处藏。只能等着挨骂，甚至挨打。小扣也没办法，懵懵地看着渐渐走近的爷爷。那是个干瘦的小老头，戴渍满了油腻的黑色瓜皮帽，脑后有辫子，像猪尾巴。看他的脸色，不像生气，只埋怨道："娃们啊，豆角还没长饱就摘了，遭罪啊。这东西不能生吃，生吃多了拉稀。"我们都猫着腰走出地，老头儿说："慢点走，别踩了豆秧。"看我们手都背在身后，笑道："手伸出来叫我看看。"我们伸出小手，手里都有半把豆荚，小扣手里只有两三个，口袋倒鼓鼓的。他爷爷说："把你口袋里的都掏出来，分给他们。都记住，拿回家煮了吃；眼下还嫩，皮儿也能吃。"原以为他要把我们摘的豆荚全部收走，却不料还要把小扣的分给大家，真不知道这老头儿心里想的啥。又问，是谁领头进地的。狗儿爷说："是我。"小扣说："是我。"老爷爷说："都是馋嘴鬼。"而后去了，烟布袋在脑后左右摆动。直到看不见他头顶的烟袋杆，我们一溜风跑进河滩，把豆荚集中一起，围坐成圆圈，都拿着吃，嚼出一片嚓嚓声，谁也等不到拿回家煮熟。那是一次清爽的野餐，都吃得心里甜润。

第二天，小扣告诉大家，回去后，他爷爷训他一顿，不是因为摘了豆荚，而是踩倒了一大片豌豆秧，一踩倒，豆荚就长不饱了。还说，昨天的事儿怨他，他爷爷从邻村回来是先看见了他。他因为娇，大人把他当女孩打扮，在头顶梳个朝天辫，扎了红绳儿，太显眼，就被老头子远远地发现了。说着，立即把那红头绳拽下扔了，好似太对不起大家。还说："再等半月，豆荚就长饱了，咱还去摘，摘了煮吃，又甜又面。"接着叹口气："我不敢拿回家，爷爷看见还训我。他说豌豆长熟喂骡子哩，没长熟人吃了不当饿。"说着，眼一眨一眨，几乎掉下泪来。狗儿爷说："别难过，到时候，拿我家煮，煮熟了都去吃。"……

二十年过去，小伙伴们都长成大人。谁也想不到，豌豆的故事还有凄惨的续篇。

一九六〇年闹饥荒，除了村干部，人人都挨饿。入四月，就开始饿死人。小扣的爷爷、父母最先饿死（他家是地主，村干部对他们分外苛刻）。小扣饿得浑身浮肿，躺屋里不会动。狗儿爷两天没见他，以为他死了，去一看，还活着，张着嘴，连说饿。狗儿爷从腰里摸出一把豌豆，是在火里烧过的豌豆，烧成了黑黢黢的，一粒一粒放小扣嘴里，让他慢慢嚼。吃完，小扣还说饿。狗儿爷说："我也没了。你等着，明儿我还给你拿。这是真粮食，一天吃一把就饿不死。"那豌豆，是狗儿爷在麦秸垛底扒出的。豌豆先熟，打罢场豆秧堆在场边。垛麦秸时就把豆秧铺在垛底。豆秧里总要残留一些豌豆，大都是瘪的，有的因为没长老，就轧成了扁的。狗儿爷每天都躺垛边，有人路过，马上闭了眼装作睡觉，没人时就胳臂硬伸进垛底，慢慢摸，好长时间才能摸到一粒，一晌能摸出一大把。回家时，顺手拽一把麦秸，背着干部，把豆和柴在一起烧。直到火全熄灭，才扒开灰，捡出豆。每天都给小扣送一把。麦秸垛底下能摸出豌豆，狗儿爷没对任何人说。如果都去摸，要不两天就摸光了。

本来是牲口吃的东西，却救了人的命。狗儿爷没饿死，小扣也没饿死。

豇豆

豇豆常常点种在芝麻地里。点种就是用锄在垄间刨个坑，撒进两颗豆，再把土盖上。豇豆秧缠着棵子向上长，一直长到最高处，再也没处爬，秧尖总是像鞭子似的在空中挥来挥去。长出十来片叶后，再每长一片叶，叶柄处就开出一两朵花，看去，豆秧上像落了一串串绛色翅膀的小蝴蝶，再配上一枝枝淡紫的芝麻花，地里就很热闹。豇豆不能多种，它不是主粮，收摘又费事，从下边的角熟，到顶端的角熟，前后历时月余，几乎天天得去摘。每次只能摘两把干角。

母亲让我去摘豆，我磨磨蹭蹭不想去。母亲总说，摘回来豆，蒸豇豆包，熬豇豆糊糊。豇豆包好吃，只能在过年时吃几个。豇豆糊糊就是高粱面糊糊里放豇豆。纯用高粱面熬糊糊，寡淡无味，和喝水差不多。放进豇豆，就能嚼出满嘴醇厚甜香。我家的糊糊里放的豇豆太少，舀出来都沉在碗底，用筷子捞，一下只能捞出一粒两粒。每年收的豇豆都不多，要么装进葫芦里，要么盛在瓦罐中。熬糊糊时，母亲往往只抓出一把，淘去残留的角皮，丢进锅，煮熟，和（huò）半瓢高粱面就做成了。如果熬小米汤或玉米糁，就不放豇豆。我家不算太穷，更穷的人家只喝稀溜溜的高粱面糊糊，从不放豇豆。只有富户，稠乎乎的小米汤里或黏糊糊的玉米饭里才放豇豆，有首民谣就说道："六十亩地一犋牛，吃不愁，喝不愁，芝麻叶面条拌香油，小米汤里丢豇豆。"这就是上好饭食。这样的人家并不多，全村不到十户。小扣说过，他家的豇豆盛了一瓦缸，怕老鼠偷吃，上面盖一口破了的铁锅。做小米汤或玉米糁，揭开锅舀出大半瓢。小伙伴们听了，都眼馋得直舔嘴唇。

我只吃过一次放了很多豇豆的糊糊。

外婆家住小镇上。外婆做主给我认了个干娘。干娘家在镇西三里，村名就叫三里庄。干娘出嫁多年还不生娃，认干儿子是为了引出亲生儿子。干爹在镇上开商行，卖烟叶。我见过有拉骆驼的用一条绳拉一串骆驼，驮着成大包的烟叶，在商行门口卸货。我从没见过干爹。外婆说，我去过三次干娘家，我只记得一次。去时，先翻过小镇寨墙的豁口，再过一条小河，河水浅，盖不住小鱼的脊梁，就没桥，在水里摆七八个大石头，我是蹦蹦跳跳跑过去的，外婆脚小，走着一摇一晃，险些儿掉水里。通向三里庄的路上长满荒草。干娘养一只小狗。狗瘦，见我不咬，一个劲儿蹿我身上舔，表示亲热。干娘屋里放些筐子篓子，盛红薯叶、芝麻叶，一个粗瓷瓦碗里有大半碗捣碎的辣椒，那应当是她每日三餐的菜。据说，干爹在镇上娶了"二房"，很少回家，回家就骂干娘，更不给她钱。她不会生娃，对于干爹，就是个多余的人。我去那天，干娘好欢喜，抱着我，"娃呀娃呀"叫得比亲娘还亲。午饭，煮鸡蛋，烙饼馍，熬豇豆糊糊。豇豆放得特别多，或许她把所有的豇豆全下了锅。先捞锅底给我盛一碗，碗里几乎都是烂乎乎甜丝丝的红豇豆。我喝一碗，又喝一碗，干娘盛第二碗时候，一再用勺子把糊糊滗出，剩下豇豆让我吃。我吃得肚子撑成了鼓。就在我吃饭时候，干娘看着我念了首儿歌：

高粱面糊糊丢豇豆，
俺娃吃了两"咯喽"[1]。
娃吃饱，快长大，
娃长大，娘老啦。
娘不会走，娘不会站，
娃来给娘端碗饭。

没等我长大，干娘还没活到三十岁，就死了。

---

[1] 粗瓷大碗土名"咯喽"——作者注。

如今回想，我已想不起干娘的模样，只记得她做的豇豆糊糊，还有那首儿歌。

扁豆

扁豆是豆类中的小不点儿。角小，每个角顶多结三个子，大都是一两个子。子更小，又扁，如果放大一万倍，能比得上一个高粱面炕的烧饼。

扁豆总是种在村边地头。村边地头的地种别的庄稼都难有收成。扁豆泼实，秆低矮，叶细碎，人踏车轧牲口踩，照样长。羊不啃它的叶，猪不拱它的根，成熟时，鸡也不叼它的子。卑微的作物因其卑微，就能在被忽视中开花结实。

打扁豆不须摊场里用石磙碾，因为少，拿棒槌一捶，迎风一扬，撇去豆叶、角皮，就剩下圆片状的肉色的扁豆了。

扁豆却是很好吃的。

一是熬扁豆汤，汤熬成浅褐色，豆熟后下白面片。吃起来特别爽口，而又余味悠长。

我家的地离村庄都远，就不种扁豆。我只在姑姑家吃过一次。姑姑说，扁豆是屈死的童养媳的魂变的。原来世上并没有扁豆。那个童养媳成天干重活，饭却吃不饱，大雪天去村头拾柴，拾不满筐，不让回家，就在村头的地边冻死了。因为没成亲，不能进祖茔，便挖坑就地埋了。坟没有锅盖大，风刮雨淋，不二年，就成了平地。在那地种绿豆，偏偏原来埋坟的地方豆棵长得低，叶也长不大，结的荚好似榆钱儿，豆儿又小又扁。这就有了扁豆。想不到吃起来那么甘美的豆儿，竟有这么个悲惨的来历。

再就是蒸馍时，把发得虚软的面摊箅子上，再放上水泡过的扁豆。蒸熟后，扁豆就和面粘在一起，那就是扁豆糕，吃着比扁豆汤下面片更有滋味。

我家好像没蒸过扁豆糕。

只记得吃过一次。

那是在秋后的一个下午，日头晒着，天还暖和。小伙伴们在林中玩。那是野林，长的都是杂树。大树直，小树都弯。小树上缠了绞股蓝、老婆筋，叶已枯萎，蔓仍结实，脚登上，可以来回晃，好似荡秋千。树叶落了一半，地上铺一层，在上面走，像踩在铺了棉褥的床上。都捡树叶玩。树叶的形状多种多样，有圆的、长的、扇形的、桃形的、细腰形的、鸭掌形的。就把窄长的树叶叠一起当钱，叠了厚厚一摞，捏手里一张张数，一时间都富有得好似财主。

也把铜钱大的叶用草梗穿成圆环，挂脖子上当项圈，又蹿又跳，不禁洋洋得意。玩累了，都仰面躺下，看枝头的树叶，有的米黄，有的姜黄，有的是藕色，有的是柿色，有的像刚刚油炸了的吃着酥脆的面片。时不时就落下一片两片，仿佛不情愿离开树，掉下时迟迟疑疑，在空中旋旋飘飘，好久才落地。就在这时候，黑妮来了。黑妮是男娃，而且脸皮细白。他有三个姐姐，只他最娇，怕不成人，才取了妞妞名。黑妮一到，都看见他手里拿一块鞋底那么大的吃物，已经咬掉月牙儿形的一口。他说那是扁豆糕。真的，那上面密密麻麻的扁豆在秋阳下一颗颗都闪着红光。都忽地站起，一齐问："好吃不？"他说："忒好吃，比啥馍都好吃。"登时，大家都眼巴巴盯着他的扁豆糕，都忍不住直咽口水。黑妮不小气，说："给，都咬一口尝尝。"说着，伸手把扁豆糕依次擂到每人面前。娃娃们都一个个伸出头，突出嘴，小心地轻轻咬下一块儿，可以看出，都想多咬些，又都不敢多咬，怕黑妮生气。咬罢就在嘴里嚼，嚼出了前所未有的好味道。最后轮到小改，黑妮手缩了回来。因为小改脸脏，鼻涕拖在嘴上。小改是个小妞，她也有三个姐姐，爹妈为了改变无儿子的现状，再生个男娃，就给她取名小改。

小改吃不到，木木地站着，双唇一包一包，嘴角流着口水，眼泪也珠子似的掉下了。她眼睛大，掉泪的大眼睛叫人分外爱怜。黑妮看她，看半天，最后说：“你把鼻涕擦擦，我咬一块给你。”小改就用袖子在鼻子下横着蹭两来回，擦掉鼻涕的小脸立时显得白净，随即张开了小嘴，像等老鸟喂食的雀儿。黑妮忙咬下一块，俯身突唇直接送进小改嘴里。狗儿爷看着笑了：“哈，男娃和小妞亲嘴哩。”小改好像没听见，只顾咀嚼，用手捂着嘴，怕豆儿掉下。黑妮装作没听见，可脸悄悄红了。我们都看见，他咬给小改的那块比我们咬的都大得多。吃罢继续玩。无形中，黑妮当即成了娃娃头。他说怎么玩，就怎么玩。连狗儿爷也听他的。一块扁豆糕，使他有了权力。他想要红树叶，就都给他捡红树叶。红叶最少，狗儿爷就抱住那棵野杏树使劲摇，摇掉一地红叶。黑妮用节巴草的长梗，把红叶穿成一个鲜艳的项圈，自己不戴，挂小改脖子上，瞅啊瞅，瞅不够。直把小改瞅笑了，脸蛋儿上笑出一个三角形的酒窝儿……

童年早就消逝，踪影也难寻觅，只留下梦中的几多残片。我已几十年没再吃过扁豆。那卑微的庄稼，或许在乡下已经绝种？

豆芽

朱伟

《神农本草经》称豆芽为“大豆黄卷”。中国发明豆芽约有两千多年的历史,创造发明者已不可考。最早的豆芽,是以黑大豆作为原料。《神农本草经》中，把“大豆黄卷”列为“中品”，记做法说：“造黄卷法，壬癸日[1]，以井华水浸黑大豆，候芽长五寸，干之即为黄卷。用时熬过，服食所需也。”对其名解释为：“大豆作黄卷，比之区萌而达蘖者，长十数倍矣。从艮而震，震而巽矣，自癸而甲，甲而乙矣。[2]始生之曰黄，黄而卷，曲直之木性备矣。木为肝藏，藏真通于肝。肝藏，筋膜之气也。大筋聚于膝，膝属溪谷之府也。故主湿痹筋挛，膝痛不可屈伸。屈伸为

[1] 壬、癸，天干的第九、第十位。壬是阳气潜伏地中、万物怀妊之意。癸是万物闭藏、怀妊地下、揆然发芽之意。壬癸日，指的是冬末春初之时。

[2] 艮、震、巽，卦名。艮是停止，震是震动，含阴阳交合的意思。巽是进入。癸、甲、乙分别是天干的第十位、第一位和第二位。从癸到甲，甲是草木破土而萌的意思，乙是草木初生、枝叶柔软屈曲的意思。这里指豆芽发生的过程。

曲直，象形从治法也。”

其次用于道家养生。《延年秘录》记：“服大豆，令人长肌肤，益颜色，填骨髓，加气力。补虚能食，不过两剂。大豆五升，如作酱法，取黄捣末，以猪肪炼膏，和丸梧子大，[1]每服五十丸至百丸。温酒下，神验秘方也。肥人忌服。”另外还记一服法：“六月六日，以洗净大黄豆煮熟，取出候冷，以面为衣，摊于席上，以衣盖之。又用青蒿腌一七，取出晒干，搓去面黄。入缸煎紫苏盐汤候冷，浸豆与水平。每豆一斤，用盐六两。浸过一夜，取出和食香拌匀，装净坛内。令日晒四五日，从新搜过一次。再晒再搜，四五次用。”

豆芽作为素菜食用，较早见于林洪的《山家清供》：“温陵人家，中元前数日，以水浸黑豆，曝之。[2]及芽，以糠皮置盆中，铺沙植豆，用板压。长则覆以桶，晓则晒之，欲其齐而不为风日损也。中元，则陈于祖宗之前，越三日出之。洗，焯以油、盐、苦酒、香料，可为茹，卷以麻饼尤佳。色浅黄，名‘鹅黄豆生’。”同样文字，亦见于《双

---

[1] 猪肪：猪油。梧子：梧桐子。

[2] 温陵：指今福建泉州。中元节，即旧历七月十五。

槐岁抄》。

《东京梦华录》中称豆芽为“种生”：“又以绿豆、小豆、小麦于瓷器内，以水浸之，生芽数寸，以红蓝草缕束之，谓之‘种生’，皆于街心彩幕帐设出络货卖。”

陈元靓《岁时广记》中，则称“豆菜”为“生花盆儿”：“京师每前七夕[1]十日，以水渍绿豆成豌豆，日一二回易水，芽渐长至五六寸许，其苗能自立，则置小盆中，至乞巧可长尺许，谓之‘生花盆儿’，亦可以为菹。”

在宋朝时，食豆芽已相当普遍。豆芽与笋、菌，已并列为素食鲜味三霸。方岳因此有《豆苗》诗：“江南之笋天下奇，春风匆匆催上篱。秦邮之姜肥胜肉，远莫达之长负腹。先生一钵同僧居，别有方法供斋蔬。山房扫地布豆粒，不烦勤荷烟中锄。手分瀑泉洒作雨，覆以老瓦如穹庐。平明发现玉髯砾，一夜怒作堪水菹。自亲火候瀹鱼眼，带生笔入晴云碗。碧丝高压涎滑莼，脆响平欺辛螯荤。晚菘早韭各一时，非时不到诗人脾。何如此隽咄嗟办，庾郎处贫未为惯。”

宋元时食豆芽，主要用于凉拌。《易牙遗意》记其方：“将

[1] 七夕，即旧历七月初七。

绿豆冷水浸两宿，候涨换水，淘两次，烘干。预扫地洁净，以水洒湿，铺纸一层，置豆于纸上，以盆盖之。一日洒两次水，候芽长，淘去壳。沸汤略焯，姜醋和之，肉燥尤宜。”

明清之后，有芼之为羹者，有以油炸之，亦有以鸡汁和豚汁烫而食之。诸种豆芽中，豌豆苗相比更为鲜美。《清稗类抄》记：“豌豆苗，在他处为蔬中常品，闽中则视作稀有之物。每于筵宴，见有清鸡汤中浮绿叶数茎长六七寸者，即是。惟购时以两计，每两三十余钱。”

食豆芽须掐去根须及豆，因此到清代称做“掐菜”。到了明清，文人们就开始讲究豆芽要入汤融味。《随园食单》有豆芽条称：“豆芽柔脆，余颇爱之。炒须熟烂，作料之味才能融洽。可配燕窝，以柔配柔，以白配白故也。然以其贱而陪极贵，人多嗤之，不知惟巢由正可陪尧舜耳。”[1]

豆芽菜谱中，有一道菜，叫做“熘银条”，在秦菜中颇有盛名。原料是绿豆芽、葱丝、精盐、白醋、花椒、线辣椒、芝麻油。此菜先用旺火，将辣椒炸成深红色，豆芽入锅后即烹醋引火，要求四五十秒钟就熘成，以保留豆芽

[1] 巢由，指巢父与许由，此两人都是隐士。尧要把君位让给巢父，巢父不受。尧要把君位让给许由，巢父叫许由隐居。

的脆嫩。

炒豆芽一般配以鸡丝。“银苗鸡丝”“掐菜炒鸡丝”“鸡绒银条”“银针拌鸡丝”，各地有各地的名称。鲁菜中也有粘蛋糊而用以油炸的，清嘉庆年间，有“镂豆芽菜使空，以鸡丝、火腿满塞之”的做法，实在难以设想其操作方法。《清稗类抄》中有一则某贵人以豆芽为奢侈品的故事：“京师贵人某，一日访其戚，留午餐，肴有豆芽。某戚固曾乞贷于某者，至是，某责之曰：‘君屡言贫而肴馔何奢侈乃尔？’戚力辩为非贵品。某曰：‘此为吾所常食，每盘需银一二钱，何得谓非贵品？’戚以未烹者示之，且曰：‘所值实仅钱二三文耳。’某悟厨人之奸，归而欲逐之。厨人乃取豆芽截其须，以辣椒丝覆其上，又调以麻油酱油，别取不截须者渍以盐水，悉盛于盘以献之，指不截须者而言曰：‘此贱物，即三文尚嫌贵，主人所见者此也。若主人平日之所食者，则确为贵品。’某不知其诈，遂复留厨人。”这其实是一个厨师欺骗贵人的故事。某贵人一日访其亲戚，因为这个亲戚问他借过钱，吃饭时他见桌上有豆芽，就问这个亲戚：你平日老叫穷，吃饭怎么还用这等奢侈品。这是我常用的，每盘一二两银子。亲戚就跟他说，豆芽很贱，其实只要二三文钱。贵人回家问厨师。厨师截豆芽须，把辣椒丝盖在上面，加上麻油酱油，说三文钱还嫌贵的是那种穷人吃的用盐渍的豆芽，主人平日吃的这种豆芽的确是贵品。因此而欺骗了贵人。

西方称豆芽是中国食品的四大发明之一。另三个分别是豆腐、酱和面筋。其实，中国之食品发明，远不止此四种。豆芽据说也是李鸿章在光绪庚子后使欧时传入西方的。因有“李鸿章杂碎”之说，现加拿大魁北克一带，干脆就称豆芽为“杂碎”。

记盐豆

周作人

《乡言解颐》卷三人部食工一篇中，记孙功臣子科烹调之技，有云，“其所作羹汤清而腴，其有味能使之出者乎，所制盐豆数枚可下酒半壶，其无味能使之入者乎”。有味者使之出二语，李瓮斋云出于《随园食单》，所说殊妙，此理亦可通于作文章，古今各派大抵此二法足以尽之矣。但是孙科的盐豆却更令人不能忘记。小时候在故乡酒店常以一文钱买一包鸡肫豆，用细草纸包作纤足状，内有豆可二十枚，乃是黄豆盐煮漉干，软硬得中，自有风味。此未知于孙豆何如，及今思之，似亦非是凡品，其实只是平常的酒店倌所煮者耳。至于下酒，这乃是大小户的问题。尝闻善饮者取花生仁劈为两半，去心，再拈半片咬一口细吃，当可吃三四口，所下去的酒亦不在少数矣。若是下户，则恃食物送酒下咽，有如昔时小儿喝汤药之吮冰糖，那时无论怎样的好盐豆也禁不起吃了。

1938 年 8 月 20 日载《晨报》

蚕豆食谱

叶灵凤

新蚕豆上市的很多，又新鲜又便宜。这是江南的时蔬，在这又是蚕忙又是农忙的四五月间，江南家家户户的三餐佐膳，总是少不了它。在这里见了可慰乡思，试作蚕豆食谱。

蚕豆最嫩时，剥开那两片小小的豆瓣，碧绿如翡翠，用来做羹，配以火腿蓉鸡蓉，这是席上珍。每人用匙羹吃一两羹，代价可能贵过一只鸡。这是豪华的吃法，吃的是“时新”，并不是吃蚕豆，这是我所不取的。

真正能够享受新蚕豆滋味的，该是乡下人自己。将新摘下来的初熟蚕豆，剥去外层大壳，就这么铺在刚收水的饭锅上，什么佐料也不用，饭熟了蚕豆也熟了，清香软糯，最能保持蚕豆的真正滋味，我觉得这才是最好的吃蚕豆的方法。

不过，这个食谱，只有江南的乡下人才可以享受，更只有孩子们才有机会享受。有时，将这些新鲜蚕豆，事先用小竹签穿成一串串，再放到饭锅上去蒸，熟了就可以拿着竹签一颗一颗地吃，最有意思。

新蚕豆上市，到了城里，除了剥壳作小炒以外，最简单的吃法，是连壳用油盐来炒。吃时可以连皮吃下去，也可以吐皮。我是折中派，壳嫩的就一起吃下去，壳韧一点的就吐出来。昨晚在晚餐桌上，就实行了这方法。

我们家乡有一种吃法，将稍老的蚕豆，剥了壳与猪肉红烧，作蚕豆樱桃肉。所谓樱桃肉，是将五花猪肉，切成比豆粒稍大，约半寸见方，这么与蚕豆红烧。肉是殷红的，豆瓣是绿的，颇不负樱桃肉这个美名。

蚕豆是永远不会过时的。老了的蚕豆，甚至干了的蚕豆，仍可以浸水剥壳作豆瓣酥；若是与上好的咸菜作汤，成咸菜豆瓣汤，是夏季最好的家常汤，可以用来淘饭，也可以整碗地喝。这样的汤，关键是在咸菜，一定要鲜而不陈。若是发过霉有气味的，那就大为逊色了。

将蚕豆干浸水，使其发芽，然后再煮了吃，称为“发芽豆”。这是江浙人家的家常食谱。休小看这一样菜，我认为“发芽”这手续是极为重要的。最初发明这样菜的人，一定是天才。因为经过这手续，蚕豆的滋味和营养价值都提高了。

砂炒蚕豆、兰花豆、油炸豆瓣、五香豆，这是蚕豆离开厨下，进到小吃店糖果店以后的面目。直到这时，它仍是老少咸宜，受到大众欢迎的副食品。

扁豆

曹旭

一

不种丝瓜种扁豆，就像不到苏州到杭州，我完全有自由。

不过，今年我们丝瓜、扁豆都种了；丝瓜栽在后门的墙边，弄一根塑料绳让它爬上二楼又去了邻家；扁豆则离丝瓜不远，栽在靠北连接公共绿地的栏杆边。

开始，丝瓜长得快，我们的注意力全集中在丝瓜上，关注丝瓜的一举一动。我在台湾，妻子来电话，大多也只讲丝瓜，不讲扁豆。

因为丝瓜是从东邻乞来的秧苗，已经经过培育；扁豆则是扁豆籽，无声无息地种在泥土里。

真的是无声无息哩，种下去以后，浇过几次水，半天不见动静，不见冒芽，急死人了。

等扁豆冒芽，丝瓜早上了架，长势很旺了；扁豆出土，努力追赶，已经赶不上，扁豆未蓄花，丝瓜金黄的喇叭花已经满架地吹起来。

二

丝瓜叶子肥大，扁豆叶子圆小；丝瓜藤蔓长，扁豆藤蔓短；丝瓜花是黄喇叭，扁豆花则是粉粉的，反穿一件红背心。

丝瓜和扁豆的关系，丝瓜是表姑，扁豆是侄女，蝴蝶、蜜蜂也是这么认定的。它们先是围着丝瓜转，渴求花中心黄黄的蜜；当丝瓜不再年轻以后，扁豆花的笑容，开始灿烂起来。以前找丝瓜的蜂蝶，又都转向扁豆，围在红紫相间的扁豆花周围飞舞。

和丝瓜一样，扁豆也会爬藤，也是攀岩勇士。但妻根本不知道，就随随便便地，把它们种在竹林的边上。

其实，扁豆最喜欢篱笆墙；假如有篱笆墙，哪怕是一段倒塌的篱笆,扁豆都会把它作为故乡,在上面生活一辈子。

三

但是，和大多数物种一样，在错误的地方种下去，就在错误的地方长出来。

竹林边的扁豆无所依傍，就缠上竹子，竹子不愿意，但没有办法；被缠住的竹子像被揪住头发的女人，斜着身体忍着；扁豆爬上去，等到了竹梢，才发觉上不去了；竹子身体太轻盈，风一吹，便前俯后仰，弄得扁豆也像走钢丝的运动员，前后左右摇摆，扁豆和竹子都渴望有一天能静下来，但风不肯停止。

四

扁豆、丝瓜一天天长大，土地一天天活跃。

院子变换生命，从绿色的语言，叶的语言，换成黄色的、红色的语言，花的语言，最后到果实的语言。

扁豆花在谢去的时候，还紧抱自己果实的荚，像年轻的农妇抱着新生的婴儿不放手。

人家扁豆早鼓鼓地结得盆满钵满，我家的扁豆还在开花，花小，扁豆也小。但我仍然很高兴，因为这是我家的扁豆，是我家小院里的第一次收获，我们不嫌弃，要求不高，有收获就行了。

还有，它们绝对是“绿色食品”。

停在豆叶上的一只螳螂，提着长刀，注视四周，负责保安；还有花背硬壳甲虫，负责生态平衡。地生态平衡的社会，是最理想的社会。

五

据说，有钱人家院子里是不种扁豆的，但我不在乎，我重视泥土的生命，草木的诗篇；秋凉了，在满架秋风里盛开的扁豆花，是买不起洛阳牡丹和日本蕙兰人家的风景。

为了让不喜欢吃素菜的儿子对泥土有感情，我命儿子提一只竹篮，去院子里摘扁豆。前后摘了三次，每次都是满满的一篮；收获的，不仅是甜蜜的香味，紫红色的画，更有餐桌上一碗碗鲜美的油焖扁豆。

六

以前看不惯“老婆孩子热炕头”，以为是“农富贵”思想；对“丑妻近田家中宝”的谚语也反感。

但是，等自己有了一点土地，想法又变了。不是吗？土地是最憨厚、最可靠的；只要你耕耘，它不会辜负你；种瓜得瓜，种豆得豆，方便，实用，真、善、美就在其中，也许是返璞归真吧！

我想，以后就这样，每天饮水，煮瓜，食豆，枕着胳膊睡觉，也是一种很好的生活哩！

臭美佳品水豆豉

熊四智

在二十世纪六七十年代，人们称知识分子为“臭老九”。

由“臭老九”一词，我联想到水豆豉。水豆豉闻起臭，但吃起来却是很鲜很香的美食佳品，且价格低廉。成都巴蜀味苑的总经理李仁光，用水豆豉及其汁做调味料，创新了水豆豉蒸鱼、水豆豉刨竹花、水豆豉熘鸽脯等菜品。另外，还将推出“水豆豉系列”品种让食客享受口福。

我想在这里给大家说说臭美佳品水豆豉的名称、来历、配方、美食价值及色香味的由来。

各地水豆豉有不同的名称：四川、湖南、北方一些地区叫水豆豉；江西一带称阴豆豉；江苏称酱油豆；江苏江阴地区又叫酱豆；也有一些地方俗称霉酱豆、臭豆子的；烹饪专业规范的称谓叫腊八豆；日本称水豆豉为纳豆。

水豆豉是从豆豉派生出来的一个品种。

屈原在《招魂》里写的“大苦咸酸，辛甘行些”，其“大苦”

就是指豆豉。汉代刘熙的《释名》释豆豉说：“豉，嗜也。五味调和，须之而成，乃可甘嗜也。”晋张华《博物志》说到了豆豉的制法：“以苦酒浸豆，暴令极燥，以麻油蒸，蒸讫，复暴三过，乃止。然后细捣椒屑，随多少和之。”

水豆豉作为豆豉的一种，最早出现于宋代。若从南宋末年算起，迄今已有八百年左右。其制作配方，乃浦江吴氏《中馈录》所记之“水豆豉法”：“好黄子十斤，好盐四十两，金华甜酒十碗。先日用滚汤汁二十碗充（冲）调盐作卤，留冷淀清，听用。将黄子下缸，入酒入盐水。晒四十九日完，方下大小茴香各一两，草果五钱，官桂五钱，木香五钱，陈皮丝一两，花椒一两，干姜丝半斤，杏仁一斤。各料和入缸内，又晒又打二日，将坛装起，隔半年吃方好，蘸肉吃更妙。”

四川做水豆豉的时间就晚些了。清代乾隆（1736—1795）年间，李调元整理他父亲李化楠宦游江南时收集的烹饪资料而成的《醒园录》中载“做水豆豉法”，其第一法基本上是抄的吴氏《中馈录》的文字，但也加减了一些调味料，如加了紫苏叶、薄荷叶、甘草粉，减了草果、官桂、木香。第二法则是纯川式的：“发就豆黄一斤，好西瓜瓤一斤，好老酒一斤，盐半斤，先用酒将盐浇化，澄沙，合黄与瓜瓤搅匀，装入坛内封固，俟四十五天可吃。”

清代光绪（1875—1908）年间，曾懿写的《中馈录》亦有“制豆豉法”，所记方法与现在四川民间制豆豉与水豆豉方法大体一致。现摘录在此：“大黄豆淘净煮极烂，用竹筛捞起，将豆汁用净盆滤下，和盐留好。用布袋或竹器盛之，覆于草内。春暖，三四日即成。冬寒，五六日亦成。唯夏日不宜。每将成时必发热起丝，即掀去覆草，加捣碎生姜及压细之盐，和豆拌之，然须略咸，方能耐久。拌后盛坛内，十余日即可食。用以炒肉、蒸肉，均极相宜。或搓成团，晒干收贮，经久不坏。如水豆豉，则于拌盐后取若干，另用前豆汁浸之，略加辣椒末、萝卜干，可另装一坛，味尤鲜美。”

水豆豉是有美食价值的。

它闻起来有点臭气，吃起来却香美鲜。佐饭，增食欲；拌菜，味奇殊；做佐料炒、蒸猪肉菜，口感味感亦非同凡响。水豆豉的鲜味，主要来源于在发酵过程中，由霉菌分泌的蛋白酶将原料中的蛋白分解成多种氨基酸，这是可以肯定的。水豆豉的香味，乃是加工过程中加了白酒，加上酵母菌的作用，乙醇与发酵中产生的少量有机酸生成带芳香的酯类物质，这应当是香气的主要来源。水豆豉在加工过程中，还加了其他香料，香气就更浓郁了。而水豆豉的颜色是原料蛋白中酪氨酸经氧化生成棕红色的氨基糖，部分由淀粉分解成的糖在发酵的高温中生成带棕红色的焦糖所致。黄豆加工成水豆豉，成了淡棕红色或者说成了带红的棕黄色，比加工前淡黄色的黄豆漂亮得多。

水豆豉的出现已有几百年的历史了，人们把它作为佐食的菜较多，而把它作为调味品相对要少一些。成都“巴蜀味苑”餐厅把水豆豉作为调味品研制开发，我以为这是很好的举措。若运用来调味很成功，川菜流行的二十七种味型将增加新的一种味型：水豆豉汁味。

纳豆·盐豆

陈德文

在日本的外国人，很少能有吃得惯纳豆的。可是日本人却把它看做高级营养品，爱之弥深。有的人每天都少不了它。比如那位巨人棒球队的长岛教练。

纳豆是什么东西呢？这是用煮熟的大豆，经过发酵制作成的。纳豆有两种：咸辣纳豆和黏丝纳豆。如今市场上常见的是黏丝纳豆。用绵软的方形塑料盒包装，一百日元可买三四盒，相当于一把菠菜的价钱。色黄而有黏汁。买时附带着芥子泥和酱油各一小包。将表面的薄纸揭去，浇上作料，用筷子反复搅拌，便渐有黏稠的汁液溢出。举箸入口，又细又长的黏丝缠连不断，飘飘荡荡，长可达尺许。

初识纳豆，是在十五年前，当时应曾在南大任教的小川卓男先生之约，同几个朋友一起到他的家乡茨城县日立市大和田郡游览。回来时，小川先生在水户车站买了几把稻草捆儿送给我们，大家一时不解其意。他看我们发愣，笑着说，这是水户著名的土特产——纳豆，带回去尝尝吧。

回到东京，十分好奇地打开稻草捆儿，只见其间包着一团黄黄的东西，小心翼翼拨到盘子里，拌上佐料，一尝，总觉得不对味儿，于是全部送给了日中友好会馆的守门老太。她高兴得直道谢，而我们却如释重负。

从那以后，对于纳豆再也不敢问津了。

去年到东京办事，住在五反田车站一家饭店，早餐时突然发现面前的饭盘里有一碟纳豆，立即紧张起来。转眼瞥见旁边一位西方人士，正把纳豆珍爱地搀进米饭，津津有味儿地吃着。受他的启发，我也鼓足勇气，硬着头皮吃了下去。品味一下，倒也不怎么难吃，反而觉得有一种悠悠不绝的异国之风。从此，我便有意识地亲近起纳豆来了。其实，只要把买来的纳豆按自己的所好改造一番，比如加进一些辣油、麻油和蒜糜，就会产生不同的口感，不失为佐餐的风味食品。

为什么叫“纳豆”（NATTO）呢？我一直不得要领。查一查资料，才弄明白。纳豆这个名称起源于僧人的“纳所”（储藏室），僧家将大豆蒸煮后装入瓷瓮或木桶内，置于“纳户”贮藏起来，以为佛门常备之物。

究其本，纳豆源自中国的豆豉。据《和汉三才图会》载，中国秦汉时始作豉，此法来自西域，为一个名叫康伯的人所传授。日本古代一直袭用此法。至中御门天皇正德（1711）年间，始弃豉而用“味噌”（酱），弃豉汁而用酱油。又据《博物志》记载：豉之古法为将豆浸于苦酒（酢），曝之于阳，干后用麻油蒸之。再曝于阳。凡三度。细碎之，加山椒粉以成。

纳豆历史悠久。自佛教东传，纳豆亦随之而来，成为日本人的常备食品。一二八六年藤原明衡所著的《新猿乐记》上说：“精进物，春，盐辛纳豆。”这是有关纳豆的最早记述。黏丝纳豆的著名产地是水户，而京都的天龙寺纳豆和大德寺纳豆、一休纳豆等，则是咸辣纳豆中的名品。东海道上的滨名湖畔有滨名纳豆，《和汉三才图会》中说：“滨名纳豆，一名唐纳豆，始出远州大福寺……因杂入山椒皮之辣味，故曰辛纳豆。或仿效唐之时珍（《本草纲目》之作者）之豉说而制作，又名唐纳豆也。”云云。

古代制作纳豆是将大豆蒸煮晾干，放在稻草包里，使之自然发酵。据说稻草上附着一种杆状细菌，可以生长黏丝。在三十七摄氏度的环境里，放置一昼夜，即发酵而有黏液溢出。近来，为了防止稻草上的有害细菌混入，运用科学方法将纳豆菌分离出来，制成菌液，泼洒于蒸煮晾干的大豆上，既卫生又快速。现在市场上出售的纳豆大都运用此法制成。操作简便，价格低廉。

提起纳豆，自然联想到盐豆，乡思乡情油然而生。我老家徐州一带，有一种特殊的小菜，名曰盐豆，其制作和纳豆颇为相似。居家过日子，谁家没有此物？庄户人终日劳作，农忙农闲都有没完没了的活儿干，每顿饭哪有那么多时间鼓捣吃的。平时饭桌上就是一碟咸菜，盐豆，用煎饼一卷，配一碗稀饭或汤水什么的，就算一顿饭。因此，盐豆就成了家家不缺、人人爱吃的食物。

想起童年时代，秋风乍起，新豆子一登场，母亲就张罗做盐豆了。把黄豆浸在水里泡上一夜，用锅蒸熟，晾干。此时的豆子膨大，暗红，表皮起皱。然后封在盆里，使之发酵。等到豆粒儿个个变成“绿毛虫”之后，再经太阳晒干，焖入坛中，灌入凉开水，拌上食盐、辣椒、花椒和姜末等物，过十多天即可食用。入冬以后，将萝卜切片掺进坛里，制成“萝卜豆”。盐豆的汁水浸入萝卜，有一种特殊的香味儿，脆辣甘甜，十分可口。临近年关，大雪封门，野外不见一星绿色，此物便成了主菜。萝卜泡久了，软而透亮，用筷子一挑，宛若玛瑙岫玉，入口即化，其味无比。无论卷煎饼，就白薯饭，还是蘸馒头，喝豆粕粥，都是上好的匹配之物。

近听广播，说美国成立了一个纳豆研究会，专门研究纳豆的营养价值，宣传食用纳豆的好处。他们甚至规劝人家：吃纳豆不必讲究什么味道，只因对健康有益，权当吃中药就是了。

我想，吃我们家乡的盐豆不必这般愁苦，因为那毕竟是一种奢华的味觉享受。

眼下秋风又起，我没有莼鲈之思，有的只是对于盐豆的无尽的回忆。

2000 年 11 月 9 日

神仙豌豆

明前茶

李薇去希腊旅行，给我带回的礼物是一瓶陌生的种子，有玫瑰红、黑色、白色、粉红色等各种颜色，还有暗灰色上面有斑纹的，图案非常漂亮，这是哪种花的种子？李薇笑道："连你最爱的豌豆也认不得了？希腊人叫它神仙豆，说是可以带来好运；还记得小时候，你我去向阳冷饮店，吃他们做的豌豆冰激凌？"

怎么会不记得？多少年前，上海的老牌冷饮店里，一到鲜豌豆上市的季节，就有豌豆冰激凌出售：一个绿球一毛六分钱，三毛钱的是一绿一白两个球，上面都撒满一种翠绿生脆的植物碎末，插着一片薄荷叶。店里的老式风扇悠悠转着，盛冰激凌球的搪瓷盆和塑料座椅都是淡绿色，孩子的鼻尖上都挂满了汗珠。没有空调的年代，含在嘴里的一点凉气，才显得那么珍贵。冰激凌不很甜，回味有一种豆子的鲜香，十分奇妙。那时的一毛六分钱可以买四支赤豆冰棒，对小孩子来说，尝一个球，也是小奢侈。我们通常是两个女生结伴去，买两个球，可以多尝种味道：白色冰激凌球是白豌豆泥混合着大量奶油做的，与绿豌豆泥混入蛋黄做的冰激凌球，口感大为不同。我们曾汗津津地挤去问售货员，冰激凌上撒的脆生生的东西是什么。售货员说，就是豌豆荚啊。豌豆趁嫩摘下，里面的豆子还细得像芝麻，外国人拿它炒了吃，光吃豆荚！受此启发，店里的老师傅将这种豆荚焯去生腥气，晾凉切碎了，装饰冰激凌球。

我们大开眼界，这才是上海！可以将豌豆和扔掉的豆荚，做成这样洋派的美食。我们还嘲笑了外国人的心急：他们竟连等豌豆长大长圆的耐心也没有，竟然宁可吃豆荚！其实，若干年之后我才明白，专吃豆荚，学名“软荚豌豆”，俗称荷兰豆。营养天生在豆荚里，清炒后豆荚颜色翠绿，清脆利口。我们剥豆炒食的豌豆是“硬荚豌豆”，与之完全不同。

豌豆一上市，粽叶也长宽了，拿在手里可以当绿剑挥舞，家家都在泡糯米、切咸蛋、酱猪肉，准备包上一大锅粽子。咸蛋粽和大肉粽都吃腻了，舅妈灵机一动，“可以包豌豆粽子”。白糯米用草木灰水泡发，一点荤料也不要，只是在加米加到一半时，舀上一勺豌豆沙。煮熟后，粽子是绿莹莹的，非常软糯适口。多年前，民间将包粽子当迎接盛夏的仪式来做，用料非常讲究，豌豆煮烂后用勺压出泥来，一定要用白纱布过筛去皮，才不会有豆皮的涩味，也不会出现豆皮卡了喉咙的狼狈。

豌豆泥还可做的一样美食，是仿膳点心豌豆黄。舅妈说，她很小的时候在北海公园仿膳茶社吃过，但仿膳茶社是用进口的德国老冰箱做的。八十年代初，家中还没有冰箱，舅妈就用密封性好的广口瓶来做。在豌豆泥里拌入白糖、桂花，倒入广口瓶中，封严瓶口，放入网兜，吊下井口，过三个钟头，拉上网兜来看，广口瓶的外壁结一层冰凉的水雾，瓶里的豌豆黄已凝冻成软琥珀状。

利用家中的老井，做成了仿膳点心，舅妈第一个就想着给邻居老宋送去。其时，孤寡老人老宋刚因为伸过墙来的青梅树少了很多果子，和舅妈闹了一场别扭。装豌豆黄的广口瓶握在手中，老人的手颤抖起来。他闭目，微笑着抹泪，他的眼泪，我今天还记得其中感慨万千的滋味……

四季豆·芸豆·菜豆

聂凤乔

"四季豆不进油盐"，是拟喻那些执拗、固执者，乃至不可理喻的人。其实四季豆并非不进油盐，而是难进，弄不好索然无味，弄好了却很好吃。

怎么叫四季豆呢？这和它的生长、收获期长有关。安徽有句俗话："菜豆不知羞，五月开花结到秋。"加上它可以腌制、酱制、干制以御冬，四季都可以吃到。它的学名叫菜豆，许多地方不用或不知道，故各有各的叫法：宁夏叫梅豆，广州叫龙牙豆，云南叫芸豆，苏北叫四季梅，青海叫扁豆，广西叫青刀豆，还有些地方叫架豆、棚豆、棍豆、眉豆、白豆、敏豆、墩豆、粉豆、茶豆、四月豆、法兰豆、芸豆荚、云扁豆、龙爪豆、饭豆、白饭豆、豆王、看花豆、花眉豆、龙骨豆、梅角豆、唐豆等。豆类中大概数它别名最多，也最乱，加上它的品种多，简直叫人莫知所从。有不少地方还叫它豆角，跟刀豆、豇豆、扁豆相混淆，光听名字更难辨别了。当今各地菜谱上凡是用它做的菜，对它的名称大都从当地俗称，外地参用时，往往不知是什么豆类。建议今后编写菜谱，各类原料倘用地方名称，最好注上标准学名，以利于交流。

日本叫它唐豇、隐元豆。唐，指中国，如唐人街之唐；豇，乃说它像豇豆，仅短些而已。隐元（1592—1673），是明末清初的一位高僧，福建省福清县（今福清市）人。清顺治十一年（1654），他应日本长崎华侨寺院的住持逸然（浙江杭州人）的邀请，由厦门去了日本，创建了万福寺和日本佛教的黄檗宗，曾经获得日本太上法皇授予的大光普照国师的称号。隐元去日本时，便携去了菜豆种子，使其在日本得到了传播、繁殖。因而日本人民给菜豆以两个记载了中日友谊的名字。这两个名字放在一起，在我国出版物上，大概始见于一九一七年商务印书馆版的《植物学大辞典》“菜豆”条下。连在一起看，却使有些容易望文生义的人做出了错误的解释。例如一九六二年江苏人民出版社编的《大众农业辞典》“四季豆”条下是这么说的：

唐代有一个日本和尚隐元禅师把种子带回

日本，所以日本人叫它唐豇或隐元豆。

唐代来中国的日本僧人很多，其中没有叫隐元的。上述说法是想当然的结果，南辕北辙，实在不应该。尤其将隐元改为日本国籍，武断的痕迹十分明显。

还有两个关于菜豆的问题需要搞清楚：一个是它的原产地，另一个是不是十六世纪引入我国的。

我国的许多出版物，总是将菜豆的原产地指为中美洲墨西哥，而且异口同声地说是十六世纪传入我国的。有人认为，那时候海禁大开，似乎引进菜豆是理所当然的。福建还有人考证，传入福建是十六世纪末，而隐元又是一六五四年去日本的，时间也正好衔接。总而言之，十六世纪以前，中国似乎是没有菜豆的。世界上一些学者的研究结果，大概是上述持论者的根据。因为这个结果认为菜豆起源，属于“墨西哥和中美中心”。研究栽培植物起源中心学说的瓦维洛夫就持这种观点。一九六〇年，卡帕兰（Kaplan）等人在墨西哥考古发掘的报告中说，他们发现了 4300—6000 年前的菜豆子。还有人曾在墨西哥找到了野生菜豆，无论形态、生态、分布、遗传和考古，都可以说明它是现在菜豆的祖先。然而，人们都忽略了另一位大学者的话。这就是达尔文。他在他著的《动物和植物在家养下的变异》一书中说过：“一位学者相信所有菜豆都是从一个未知的东方种传下来的。”学者是谁没提，东方指哪里未知。是不是中国呢？可是一个多世纪来，人们好像从未想到在中国找菜豆的祖先，以致一些国人到今天还说菜豆是外国货呢。

然而，中国在海禁大开的十六世纪以前是有菜豆的，虽然名称不同。我还没有找到关于菜豆祖先的根据，而且先秦时期关于豆类的分类学名称还没有出现，好像一个“菽”字就包括了一切。但是至少唐代已经有菜豆的记述，那时叫“白豆”。例如：

唐代大明的《日华子诸家本草》（公元6世纪）上有：“（白豆）暖肠胃；（叶）煮食，利五脏，下气。”

唐代孟诜《食疗本草》（约686年）上有：“白豆苗嫩者可作菜食，生食亦妙。”

宋代掌禹锡等的《嘉祐补注本草》（约1061年）上有：“白豆， 平，无毒，补五脏，益中，助十一经脉，调中，暖肠胃。叶利五脏，下气。嫩者可作菜食，生食之亦佳，可常食。”

明代陈嘉谟《本草蒙筌》说：“白豆色白，气味平咸。因走肾经，故云肾谷。（孙思邈曰：此肾家谷，肾病宜食。）杀鬼气益肾，暖肠胃调中。”

明代汪颖《食物本草》上有：“（白豆）浙东一种味甚胜，用以作酱、作腐极佳。北方水白豆，相似而不及也。”

明代宁原（1522—1566）《食鉴本草》上有：“白豆，即饭豆也，粥饭皆可拌食。”

据《直省志书》，许多地方将它作为地方特产。

菜豆品种多，按生态分有矮生种和蔓生种，按食用分有荚用种、子用种和两用种。白豆是属于子用种的，以吃豆粒为主。十六世纪引进了荚用种，这是以作蔬为主的。说到这里，如果说十六世纪引进了荚用种菜豆，就比较准确；如果引进了新的品种就不承认原有的，那么以北京来说，一九六一年引进了“丰收 1 号”菜豆，一九六四年引进了“嫩荚菜豆”“矮生棍豆”，能不能说这以前我国没有菜豆呢？当然，中国关于菜豆的记述我还要探寻，我相信中国也是菜豆的一个起源中心。

菜豆不容易入味，只是在生炒时才出现。用焖、煮等烹调法， 还是能得味的。倘要生炒，最好先用开水将它焯熟，然后再炒，就无不进油盐之弊了。用开水焯还有两个好处，但也有一个缺点。缺点是维生素 C 损失太多。好处之一是使它所含的有害物质（植物血凝素等）受热处理后无害于人体，之二是可得到翠绿的色泽。鲜艳的绿色，对宴席菜肴特别重要，倘将菜豆烧成灰黄绿色，不但不能产生诱人食欲的鲜美之感，相反会令人倒胃口的。厨师们还有两个保色吊色法：一个是加碱，一个是过油。加碱会破坏维生素 B 等成分，不可取；过油不仅可以取得开水焯的效果，还能使菜豆显现油亮的光彩。家常很难用过油的方法，如果用煸炒的方法先将菜豆炒熟盛起，再炒或烧其他材料，然后倒入菜豆汇合调味，也可以达到既油亮又翠绿的要求。

在西餐中，菜豆是宠儿之一，虽然它传入欧洲据说也是十六世纪。用菜豆做的菜式相当多，拌、炒、烧、烩、煎都有，用子做菜也不少。我国产的大白芸豆，远销亚、欧、美、非数十个国家和地区， 而且一直供不应求。用这种豆子制成的盐水豆罐头，很受阿拉伯国家的欢迎。大白芸豆营养丰富，蛋白质含量达到 22%，外国人常用它做糕点、豆馅、甜汤。说起做汤，西餐中的“菜豆汤”人们常吃。西班牙的吉卜赛人，每年八月的每个星期五都要吃菜豆汤（或者用埃及豆做）。俄国“菜豆汤”，和土豆汤一样，在人民的生活中占有重要位置。列宁还曾专门提过它，那是在一九〇二年写的《给地方自治派的一封信》中：

> 我们要努力使工人阶级更多地了解地方自治局的历史，了解政府在六十年代对社会所作的让步，了解沙皇的骗人的言论及其策略：起初用“扁豆汤”来代替“嫡长权”，而后来（靠着他们所保持的“嫡长权”）连扁豆汤也夺去了。（《列宁全集》第六卷134页）

这里的“扁豆汤”应该译作“菜豆汤”。

有一个传说，保加利亚人在奥斯曼帝国的桎梏下，经历了几个世纪的苦难，曾经得到过菜豆的“帮助”。什么帮助？用菜豆子作粮。我国过去也是以其矮生种作为杂粮的，饭豆之称即缘于此。现在湖南还有农谚说：“不怕年成荒得恶，只要园中有豆角。”《植物名实图考》上所记述的三种菜豆（一为云扁豆，两种龙爪豆），都可代粮。

其中一种：

> 爪豆产宁都州（今江西宁都县），叶大如掌，角长四五寸，豆圆扁如大指，土人煮以为饭。

作者对之还有一番感慨：

> 吾过南丰（今江西南丰县）以东，见豆架而骇其呺然大也。巨爪攫挐，森如熊蹯，平圆的突，握若雀卵；殆日吞数枚，可以忘饥。然窭人饭之，而宾筵无荐者，视广丰以箄笥馈人，绝不相侔。

这说明了在清代中叶，江西一些地方的穷苦人是用菜豆子当饭吃的。龙爪豆，据所描述，很像多花菜豆，那豆子跟大拇指头差不多，比麻雀蛋大多了。

我国也有用菜豆子澄沙做馅做糕点，不过习惯称之为芸豆。做馅，用之包子、元宵。做糕点如北京“仿膳”的名点“芸豆卷”，与“豌豆黄”齐名，据说曾为慈禧所赏识。“芸豆卷”是用菜豆子经过泡、煮、炒、蒸等手续，磨面后用极细的箩筛过，和成面皮，中间卷上不同的馅做成的。

做得精致，吃来细腻，入口不厚不腻不噎，下肚不撑不胀不憋，将菜豆子加工到这种程度，不能不佩服其出神入化了。

荚用种做菜，并不只是红烧、油焖，也并非仅能摘段。它可以切丝、切丁，也可切斜片。焯熟以后凉拌，能调以姜汁、蒜汁、腐乳汁等许多口味，又能加荤素配料。即使烧，也有干烧、酱烧等若干菜式。下面的几种做法不但别有风味，仔细琢磨，还能启发我们用菜豆作主料，做出许多创新菜来呢。

粉蒸四季豆——用米粉、食油、酱油、酒酿、豆酱、花椒粉适量，调匀，像做粉蒸肉一样拌蒸摘成寸段的菜豆，可得到不同一般的滋味。

瓤芸豆——这是山东菜式。菜豆沿内弯面剖开（仍相连），中间夹调好的猪肉馅，挂糊油炸至金黄色取出，排在碗内，加汤料蒸，蒸好扣入盘中，即用蒸出的汤调味，烧后勾芡浇在豆上，临吃浇上花椒油。其馅，我以为不仅用猪肉，鸡、鸭、鱼、虾等也可以做，素馅也行。最后用葱油或辣油之类亦无不可，掌握了基本方法，就能够按地方口味或个人喜好调制了。

酥红豆——云南做法。菜豆子先煮熟，控干，油炸（炸时要注意：先旺火炸一分钟，离火两分钟去水汽，再回到旺火上炸至豆都浮起），另起油锅炒干辣椒段、肉末、青蒜，稍熟，下炸好的豆粒和切好的腌菜末，调味，起锅淋上香油。这个做法似乎更宜于下酒或是就稀饭。

菜豆焖面——山西的主食吃法。面条擀好再切成二三寸的小段；油锅炒肉丝，下葱花、姜粉、切好段的菜豆，加调料，待扁豆快熟时加水（过豆为度），开锅后改用微火；将切好的面条铺在菜上，铺一层，刷点油以防粘块，然后加盖焖二十五分钟；再用筷子将面条与菜豆等上下翻拌均匀，就可以供餐，吃时可以加蒜泥和醋。

以上这几种吃法，把菜豆做活了。家常可以做来调剂花样，宴宾待客也不含糊，捧上筵席反而能起生色作用。即如最后的焖面，倘再加些精制配料，很像南方的炒面，也似西餐中的面条吃法。

至于汪颖《食物本草》上所说的“作腐”，于今在浙江还有此遗风。义乌盛产一种小白豆，当地人民还用之做腐皮、腐竹呢。

从营养价值来看，菜豆是很不错的。一斤干豆粒所提供的热量达1660—1690千卡，接近一斤挂面或大米所提供的热量。鲜豆荚的多种养分又高于许多绿叶瓜茄类蔬菜。还有个好处是供应期长，盛夏蔬菜淡季它也有上市。

菜豆还是一种含钠量少的食品，对于心脏病高血压以及忌盐病患者很适宜。美国医学报道，从菜豆中提取的菜豆胺，可用以治疗肥胖症和糖尿病。加拿大报道，菜豆含纤维素比较多，干豆粒含3%~4%，多吃有助于预防胆石症。不过，这些还缺乏有力的临床试验的报告。

近些年来，国内外医药界经过临床试验，对菜豆中的一些成分对肿瘤的抑制功用做出了肯定，验证适应证有几种：白血病（血癌）、恶性葡萄胎、鼻咽癌、乳腺癌、肠癌、子宫颈癌、卵巢癌、骨肉瘤等，都有一定的疗效。其成分就是前面提到的有害物质“植物血凝素（PHA）”。

这不免令人惶惑：究竟是有害还是有益？回答是一分为二，二者兼备，完全看具体情况。菜豆中的确含有两种不利于人体的物质：其一是豆素，是一种毒蛋白，有凝血作用；另一种是皂素，含有能破坏红细胞的溶血素。它们都可使人中毒，食堂加工不得法甚至能引起集体中毒，发病很快，半小时至二三小时就会发作，主要症状先是恶心、呕吐乃至腹痛、头痛、头晕，严重的接着会出现腹泻、黄疸、血尿、麻木、心慌等。但这两种物质有个共同的特点：怕高温。在摄氏100度的开水中泡20—30分钟，它们便都无法施其害人之技了。这就是为什么吃菜豆要用开水焯，不焯也可以，那就必须加长烹煮时间。具有凝血作用的毒蛋白就是“植物血凝素”。它进入人体后，能够提高机体的免疫功能，刺激骨髓的造血功能，提高巨噬细胞的吞噬功能和诱生干扰素。因此，它除了有消退肿瘤的作用外，对慢性的、重症的肝炎，以及白细胞减少症、血小板减少性紫癜、类风湿性关节炎、再生障碍性贫血、流行性出血热也有治疗作用。有些人免疫功能差，用它有增强的作用，同时还可用于抗衰老。人们也许会问：多吃菜豆能不能达到上述效果？这还不能做出肯定的回答。生吃，PHA会使人中毒，熟吃它又失去了作用。现在临床应用的PHA是经过制药过程提炼出来的，已经有商品药品了，剂型有注射用的。不过，就是有它，也必须在医生指导下应用，多数时候还要配用其他药品。人们什么时候可以通过吃菜豆而直接利用PHA，还有待于医学科学的研究。当然，食疗是最舒服、最理想的治疗方法了。

中医对菜豆也有利用，主要认为它具有滋补、解热、利尿、消肿的功能，民间方剂常用它来治疗呕吐、便血、脚气、抽搐、吐血、肠炎等症。广东东莞等地有一种芋田眉豆，即和芋艿间作的一种菜豆，豆粒皮黑肉红，当地人就常用它来作滋补剂，吃法是和鸡蛋、糖水煮；倘和红枣、猪尾同煮，可以补腰肾；和糯米、黑鱼一起炖能补血；和蒜头一起煮好加盐吃，可去脚气。这些都属于实践的经验了。

人们赠予“干烧菜豆”以一个美好的名称，曰“四季平安”。从它具良好的营养价值，有滋补作用，能治疗不少疾病，尤其可以参与抑制肿瘤等方面看，这确是一个名副其实的良好祝愿。

卷四

感触野菜

路遇麻菜

陈永平

听专家说，几乎所有的植物都可食用（剧毒植物入药），那野菜登大雅之堂就是必然的。荠菜、芫荽、马齿苋、蒲公英都上了词典、百度，有头有脸，成了“人物”，唯独与它们一样常见的麻菜，虽厕身其间，仍名不见经传。

麻菜长得比荠菜招摇，棵子大，长成后接近油菜的高度。油菜和麻菜都抽薹，薹上开花，花形相似；不同的是，麻菜叶子糙，绿得比油菜深。福建和台湾有油麻菜，其实就是油菜，跟麻菜没关系。麻菜常见的是我的家乡苏中地区和盐阜地区。

父亲叶落归根，我们几个每年要去一趟父亲的老家，为他扫墓。老家村子叫司官林家庄，这是我知道的中国最长的地名，赶上斯德哥尔摩、拉斯维加斯。村西原是大片沼泽，属真正意义上的原生态，后被改造成农田，与别人的老家无异了。

父亲的墓在村西两公里处，路窄，需走着去。车到司官林家庄，堂兄已在村西等着了。

田野由黄色主导,起起伏伏盛开的都是黄色的油菜花，菜花掩映下，一条土路时宽时窄，稍不留神，身上就沾上油菜花粉；坡下铺着一片一片开蓝色小花的植物，因在低处，蓝色无法与黄色争妍；荠菜老了，都打蔫儿了；见到一丛马兰头，面积大过筛子，极嫩旺，奇怪竟没人挑去吃。

路略宽了些，也直了些。在宽宽的、直直的土路上，蓬蓬勃勃地长着一棵麻菜。我们很惊奇，我的惊奇程度仿佛茅盾先生当年看到了白杨树。我知道为什么：这棵菜长在常识里不可能生存的路的中央，那样突兀，不合逻辑。我无意于从中挖掘什么主题，只是想，它在生长的日子里，人们有一百个理由，或者根本无需理由将它碾作尘土。它却心无旁骛，悄然长成。是幸运，还是坚韧？

堂兄见我们专注地研究一棵野菜，不以为然：“前面多呢。”我问他可不可吃，他答：“不吃那个！”我想起一则以农民口吻编撰的笑话，其中有一句“我们吃肉了，城里人吃草了”，有点感情复杂。

路南面两间小屋，屋门对着鱼塘，与路成直角。堂兄指指屋子，我循着方向望过去，见屋门左侧，倚墙长着一棵麻菜。主人从屋里出来，靠住门框，身体迎向我们。堂兄说：“马上代你把麻菜拔了。”主人笑而不言。

一棵，又是一棵……我们陆续发现很多麻菜。与前两棵只顾疯长的叶子不同，这些麻菜都已抽薹，努力伸长脖子，想够着油菜的高度。回头，女士们撸起袖子，开始摘菜。已经抽薹的麻菜，根部和叶子已不能食用，只需掐薹，掐得动，吃得动。菜薹是麻菜的精华，难怪麻菜没有大面积栽植，“作头”大，经济效益低。尚未抽薹的麻菜叶嫩，当然好吃，但口感略差。吃叶子要连根拔，不硬拔，硬拔得使很大劲；麻菜的根像小白参，硬拔还会带出大块的泥，甩泥又很费劲。抓住麻菜的根旋几旋，一用力，小白参就露出来了。到了鱼塘小屋边，主人依旧靠着门框。脚边麻菜不见了，地上多了一只口袋。堂兄心有灵犀，打开口袋，麻菜果然在里面。堂兄招呼我们，将手里的麻菜灌进去。

主人说：“我认识你们，我们是亲戚。”

应该是远亲，我们欢天喜地地叙亲叙旧，一阵寒暄，满载而归。我们不忍拔去路中央的麻菜。在那样的环境里生长，自有它存在的理由。

芦蒿春味

蔡珠儿

再怎么料峭，春光终究无可遮拦，从山腰渗到树梢，弥漫街道，溢满了商场和菜市场，又涌进南货店，盈眼扑鼻尽是清芬嫩绿，有荠菜、春笋、枸杞、草头、马兰头，啊，居然还有芦蒿。

芦蒿正名蒌蒿，又叫青艾或水蒿，是一种丛生于湖泽江畔的菊科野草。春来初生嫩绿茎秆，纤细而又肥满，多汁如芦笋，生脆似水芹梗，嚼来甜里带辣嗤嗤作响，沁出一股鲜烈辛香， 像雨后清晨摘下满筐带露的鸭儿芹，揉上新开的白菊花，再扔进几棵鱼腥草搅打成浆。汪曾祺的形容最传神，他说“食时如坐在河边闻到新涨的春水的气味”，生长浸润于水乡者，最能体味其真髓。

以前没见过芦蒿，读了汪曾祺的《大淖记事》和《故乡的野菜》，对此物一直向往。几年前去江苏，终于得偿夙愿，在无锡和南京吃到，果然清美动人。芦蒿炒百叶或豆干，固然雅洁馨逸，但它的那股鲜香水腥，和荤物蒸郁融会后，转化为难言的膏润芬馡，更是香美妖媚，以其炒肉丝、鸡片、猪肝和肥牛，无不怡神开胃。

但我最激赏芦蒿炒臭干。臭干是南京特有之物，似臭豆腐而硬实，切丝和芦蒿共炒，清辛与酵臭相濡互补，竟激发出一种甘滋妙味，可使米饭诱人生辉。芦蒿是江苏南京的家蔬，《儒林外史》里，牛浦在南京的小客栈吃饭，菜色正是“一碟腊猪头肉，一碟芦蒿炒豆腐干，一碗汤，一大碗饭”，那豆腐干可能就是臭干。

我如获至宝买回芦蒿，兴冲冲变着花样做，连吃数日乐此不疲。没有臭干，就用臭豆腐清炒，但味道有些过火，感觉黏滞不爽利，和芦蒿的生嫩不太对头。还是老老实实炒豆干吧，切得像煮干丝般柔长细密，以热油大火快炒，翠色可掬，甜脆素净。

但又嫌寡，于是再加上鸡丝或肉丝，吃来不过不失。有一天，顺手拿出过年吃剩的腊肉，切成粗丝炒芦蒿，不料却有惊喜，这腊肉是台湾来的“皇上皇”，醇厚淡雅而不咸硬，炒出来润泽芳香，晶红玉绿，熟艳的肉味吸收了辛冲的“蒿气”，刚柔芬馥交融，比蒜薹炒腊肉多了份野意，更显灵秀清逸。

芦蒿本是野蔬，有如我们的过猫和山苏，以前是平民贱物，现在成了新贵食材，菜价高过肉价，因为它让城市人在口味中重拾野趣，以唇舌而非行动亲炙自然。况且价格和姿态高涨，才能彰显品位与身份。

《红楼梦》里锦衣玉食，每天肥鸡大鸭，蔬菜豆腐反而难得。晴雯要吃芦蒿，不要荤腻的鸡炒肉炒，指明少搁油用面筋炒，柳嫂子立刻奉上。探春和宝钗想吃油盐炒枸杞芽，还要贴钱请柳嫂子代办，而迎春的丫头司棋想吃碗炖蛋，却被推托刁难。谁叫她手段不够，等级地位不高。

而汪曾祺的《金冬心》，写扬州盐商宴请新任盐官，满桌清淡菜色，尽是名贵刁钻的盛馔，甲鱼仅用裙边，鲜花鱼只取腮下两块蒜瓣肉，河豚配上素炒芦蒿，素炒紫芽姜，素炒莴苣尖……而盐官还淡然说，“咬得菜根，则百事可做”。野意与清淡，竟是浓肥豪奢的注脚。

蒲笋还有味外味

王子辉

蒲笋，又称香蒲、甘蒲、蒲菜、野茭白等，同芦苇一样，都是水泽野生，作为蔬菜吃的地方也多在水乡，而人工种植的地方则很少。它属香蒲科多年生草本，嫩芽叶和嫩根茎均可供食，老叶可编织蒲席、蒲包，花粉用做止血药。

中国人食蒲约有三千多年了。我国最早的一部《诗经》就有“其蔌维何？维笋及蒲”之咏。西汉枚乘《七发》中“犓牛之腴，菜以笋蒲”，用现代烹调语言讲，就是蒲笋烧小牛肉。北魏《齐民要术》上有“蒲菹”的做法：“谓蒲始生，取其中心入地者，蒻大如匕柄，正白，生啖之，甘脆。又煮以苦酒，浸之，如食笋法。今吴人以为菹，又可以为鲊。”唐宋以来，更多见于诗词，且常同另一水生物菰（茭白）并称“菰蒲”。如僧贯休“菰蒲生白水”，黄庭坚“苏芽蒲笋上春州”等，王安石更有“蒲叶清浅水，杏花和暖风。地偏缘底绿，人老为谁红”之咏，使蒲菜饶蕴诗意。

淮安一带还有梁红玉抗金时带领宋军将士挖蒲根充军粮，艰难度过根据地草创时期的故事，使蒲菜又有了“抗金菜”的美名。

蒲笋作为蔬菜，每年春季，菜农将植株齐根截取，剪去上部绿叶，只留像葱白那样长长一截，齐齐将它们捆成一扎供应市场。由于此菜洁白如羊脂玉箫，早春季节尤为金贵，按根数售卖，故清人段朝瑞《春蔬》七首，即以蒲菜开篇：“春蔬那及吴郡好，入馔蒲芽不论斤。”可谓春日的珍品。

蒲笋味淡薄而清香，有“天下第一笋”的美誉，最宜扒制，也可汆、炒，荤素均可。做汤，一般要将汤先做好，再将它放入，烧一滚足矣；炒，适于爆炒，不能长时间炒。食素者可配香菇、木耳、金针、豆干、百叶和青笋。荤吃虽可配所有荤料，但以蒲菜脆嫩清香的特点而言，最好配虾仁、鱼片、鸡丁之类的清荤，且不用酱油。当然，有些浓荤也可选蒲笋做伴，如“扒肘子”“四喜肉”“黄焖鸡”等，那只能是将其清炒后作为衬底之用。全国著名的蒲笋菜有江苏的“开洋扒蒲菜”、河南的“虾子烧蒲菜”、云南的“三色蒲芽”、浙江的“口蘑炒蒲菜”等，均是各地餐饮业的风味菜，无不受到人们的赞美。淮安有个叫“豆腐烩蒲笋”的家常菜，辅以蒸水豆豉，淡泊、素洁而滋味很长，这在北京、上海的任何大小饭店是难以吃到的。

一个菜肴，除了提供色、香、味、形外，还有个韵味，也就是人们所说的味外之味了。犹如音乐的旋律、地方的风格、人的气质，可意会不可言传，往往给人留下永远的忆念。在济南吃“奶汤蒲菜”就有很强的韵味。被誉为“泉城”的济南，本来，“四面荷花三面柳，一城山色半城湖”就够味了，在这样的环境里再品味著名佳肴“奶汤蒲菜”，怎能只惦着口腹之欲！奶汤，是古老鲁菜的一绝，不但制法独特，抑且浓而不腻，色泽洁白，用它做菜，已经先色夺人，再加上大明湖的蒲笋，辅以菜花、香菇等，这岂是高档宴席之上乘汤菜，简直是一首意境飘逸的诗！蒲笋，白，却非雪白，而是柔和的鱼肚白，悦目而雅致；淡，犹如无味，而又那么一股若有若无的蒲香，隐含着清凉的湖水气息；脆，不是硬脆，而近乎酥，有纤维却嫩得毫无渣滓，嚼起来柔而无骨，再有……所有这一切真叫人想起微风吹过的湖面上，泛起层层波纹，一叶扁舟漂浮其上的美境，它所赋予人的愉悦，早已超越“奶汤蒲菜”本身了。

江南的野菜

叶灵凤

清明前后，趁着扫墓踏青之便，从前江南的小儿女有一很有趣的野外活动，称为“挑野菜”。这个“挑”字用得很有意思，因为有许多野菜都是生得扁平地贴在地上，要从土中将它们连根挑起，抖去泥土，放入带来的小竹篮或是手中包内。

这是江南暮春天气最富有吸引力的活动，因为既可以玩，事后又有得吃。虽然有些野菜在市上也可以买得到，但是自己劳动得来的果实，虽是一勺微，吃起来也是别有滋味的。

在这类野菜之中，滋味最好的是马兰头，最不容易找到的也是这种野菜。这是一种叶上有一层细毛，像蒲公英一样的小植物。采回来后，放在开水里烫熟，切碎，用酱油麻油醋拌了来吃，再加上一点切成碎粒的茶干，仿佛像拌茼蒿一样，另有一种清香。这是除了在野外采集，几乎很少有机会能在街上买得到的一种野菜。同时由于价钱便宜，所以菜园里也没有人种。《本草纲目》有“马兰”之名：说它“湖泽卑湿处甚多，二月生苗，赤茎白根，长叶有刻齿状，南人多采汋（音‘着’，采取之意）晒干，为蔬及馒馅。入夏高二三尺，开紫花”云云。所说颇似马兰头，但说它高二三尺，则又有点不似。不知是否我们在春天所摘的是嫩苗，到了夏天会长得那么高，还是另一种植物。

较容易找得到的是荠菜。这东西现在显然已有人种植了，因为在香港的上海馆子“新到上海时鲜”的广告中，也有荠菜之名。但是在我的印象中，野生的总比菜园种出来的滋味更好，至少是吃起来更有风味。荠菜不仅可吃，花也很美丽，江南人素有“三月三，荠菜花儿赛牡丹”之谚。

荠菜可以炒来吃，可以切碎了加虾米或肉粒作豆腐羹，又可以作馅包馄饨或包子。《本草》说荠菜有大小数种，我们现在所吃的乃是较小的一种。扁平的，生在地上，摘的时候一定要连根从地上挑起来。据说《诗经》上所咏的“谁谓荼苦，其甘如荠”，所指的就是荠菜。如此说来，我们的祖先早已知道它的好滋味了。

另一种更普通的野菜是金花菜，一名三叶菜，古称苜蓿，原本是马吃的，据说还是张骞出使西域从大宛带回来的，这就是今日上海人所说的“草头”。这种野菜现在也渐渐地成为“园蔬”了。除了可炒吃（即上海馆子的“生煸草头”），我们家乡还将它腌作咸菜，日久色泽微黄，吃起来甘中略带苦涩之味，是很好的“茶淘饭”小菜。

莼菜

施蛰存

今天收到《读书》第九期。看了一篇蒋竹荪的《一字之谜》，从梁实秋的一篇文章说起，谈到了《世说新语》中那一句“千里莼羹，未下盐豉”的问题，于是，这个从宋朝人开始提出的疑问，又展开了一番讨论。

梁实秋据唐人赵璘所著《因话录》中一条，以为“未下”乃“末下”之误。“千里”和“末下”都是地名，因而感到翻译中国古书之难。

蒋竹荪以为江苏溧阳有千里湖，可以为地名之说作证。但“末下”是地名，却不见载籍。因此，他以为“未下”不误。

赵璘以为莼羹不用盐豉调味，故肯定“未”字必为“末”字之误，然而他又说不出“千里”和“末下”这两个地方在哪里。

梁实秋又引了杜甫、梅圣俞、黄庭坚的诗，都说莼羹应用盐豉调味，因而愈加感到“难以索解”。

蒋竹荪又从《齐民要术》中找到许多资料，都可以证明做莼羹是应当用盐豉的。于是他对“未下盐豉”这一句作了新的解释：“其中隐含如下盐豉，将比羊酪更美之意。”又说：“这是所谓文字简奥处。”

以上是这番讨论的纲要。接下去谈谈我的意见。

陆机是东吴人，向来为中原人瞧不起。陆机到洛阳，洛阳人士都称之为“吴儿”“伧父”。王武子拿羊奶来夸傲陆机，问他：“你们江东有什么东西能比得上它？”陆机回答说：“有千里莼羹，未下盐豉。”

莼羹，就是莼菜汤。盐豉，就是盐和酱油。江南的莼菜，盛产于松江的泖湖。古时泖湖极大，有长泖、圆泖、大泖，合称三泖。宋元以后，逐渐被围垦，湖面愈小，青浦的淀山湖，只是泖湖的一角。泖湖，古代称为茆湖。茆，就是莼菜的古名。由此可见莼菜是我们松江的特产名菜，可惜现在它没落了，产量极少。杭州西湖上菜馆供应的所谓“西湖莼菜”，都是萧山湘湖产品。

泖湖莼上酒席供应的都是春天采取的嫩叶，称为“春莼”。到了秋天，叶大而老，称为“秋莼”。明清以来，我们松江诗人赋咏的，都是春莼，而两浙诗人所赋咏的，往往用“秋莼”字样，朱竹垞诗集中就有好几首诗词提到“秋莼”。这或许是用张翰“秋风起而思莼鲈”的典故。但这个典故，不能证明江东以秋莼为美味。

莼菜汤是一种清香的汤，江南人家做此汤，从来不加盐豉。《齐民要术》和杜甫、梅圣俞诗中所说，都是北方人吃法，大约陆机在洛阳已知道北方人不会吃莼菜，不免有些笑他们外行。王武子以臊腻的羊奶来夸傲中原食物之美，陆机以清淡的莼羹来夸傲江东食物之美，顺便讥笑了北方人不会吃莼菜。所以他回答说：“千里莼羹，未下盐豉。”他的意思是说：下了盐豉，就不能与羊奶比了。

现在还有一个“千里”，至今无法讲通。溧阳有千里湖，但没有听说过溧阳莼菜。我怀疑这个“千”字，恐是误字。金山县（今金山区）有一个镇，名为“干巷”，正在泖湖边上（古代），可能在古代，名为“干里”。古地应用“里”字的，后世都改用“镇”“巷”等字，说不定干巷就是干里，而干里是莼农集中之地，故曰“干里羹”。金山人至今还称泖湖一带地区为“泖里”，或写作“泖里”。有人编过一部《干巷志》，我没有见过，不知书中有无讲到地名的起源。

赵璞《因话录》中没有这条关于“莼羹”的记载，大约梁实秋记错了。我记得这一条见于宋人笔记中，但一时也无从查起。

蒲根香

沈嘉禄

在古城淮安采访时，宣传部的朋友请吃便宴，席间有一道菜让我眼睛一亮。有点像嫩笋，又有点像茭白，但质地是软塌塌的，一点也没架子。三寸来长，极随意地堆了一腰盆。色呈象牙白，衬着橘红色的点点虾米末，十分好看。我是一个俗人，对吃的兴趣一直很浓，当时的模样一定很激动吧，所以还未动筷，主人就介绍说：这是本地的特产，蒲根。

难道还要等他说明白“蒲”字是怎么写的吗？我伸长手臂就夹了一筷。真嫩！又夹了一筷，并要很当心地咀嚼，才能品出一点滋味来。它极本分地渗出一丝丝水草的气息，但决没有土腥。又极谦恭地托出虾米的鲜味，反叫人爱怜地多夹几筷，仿佛要安慰它似的。其实它并不需要人去安慰，吃过后会有甜津津的回味泛上来，鼓励着爱它的人去尽情享受。它多么质朴、多么实在！

主人告诉我，蒲根就是蒲草深入淤泥中的部分。连根拔起，取可食的那一段，剥了皮，切成三寸来长，或炒或烩，是初夏的时鲜菜。江南多河汊，蒲草是不稀奇的，但蒲根入菜好像只在淮安。说起来又有故事。我们中国人总喜欢在一种食物上寄托情愫，如此，即便是天狗吞日，也显得文质彬彬了。所谓饮食文化，说穿了就是吃得有理。

而关于蒲根的故事却不幽默。

说的是南宋时梁红玉领兵御敌，被金兵围在淮安城内数月之久，粮断草尽，将士体力不支，城池危在旦夕。梁红玉心急如焚，夜巡勺湖时看到茫茫一片蒲草在月光下似万柄利剑欲刺苍天，晚风吹来，唰唰声自远而近，又仿佛天兵天将呐喊着下凡助阵。女将军顿时来了灵感，就拔了一把，抽剑斩取嫩白的蒲根，居然食之如饴。于是命令将士拔蒲根充饥，终于守到援兵赶来，把金兵杀退。从此淮安人就吃上了蒲根，并称之为“抗金菜”。

淮安城内有好几处湖，湖里都长着蒲草，而蒲根则以天妃宫一带最佳，现在城里人也吃不到了，为的是出口创汇。我这个人小气，听到好东西给外国人吃就心里不痛快。于是顾不上体面，狠狠地往菜盆里夹了一筷。主人笑着说，

“我们现在吃的是勺湖的蒲根，比天妃宫的要差些。”“不一定吧。”我很固执地说。

第二天在城里看到有蒲根卖，摊贩把一尺来长的蒲根平摊在地上，水灵灵白嫩嫩的蒲根在红的辣椒绿的丝瓜中间一点也不张扬。有一个女人，白衣白裙白鞋，摆动着藕似的小腿，臂弯挎一只竹篮，一把蒲根甩出了篮沿，在轻轻地抖着。我目送她的背影在青青的瓦楞下淡出，想象着她的脸也该是白白的，如蒲根一样。

我想买一把蒲根带回上海，淮安人说不行。蒲根其实是很娇嫩的，隔了夜就不好吃了。我想蒲根就应该是这样的，多少也得有点架子呀。

关于蒲草，还有一个故事。

从前有一对好夫妻，男的叫蒲，女的叫兰。有一天，他们在种田时拾到了一个金勺子。这是一个宝贝，叫它变什么就变什么。蒲和兰就变了耕牛和织机送给乡亲们，大家很高兴。这事给天妃知道了，派人强夺了他们的所爱。但金勺子到了天妃手里就不灵了，叫变玉却堆满了石头，叫变金却溢满了粪便。天妃一气之下就把蒲和兰杀了，把金勺子扔出宫外。一瞬间，金勺子变成了一个浩渺的大湖，湖边长满了蒲草和兰花。天妃又叫人放火去烧，但湖边又很快长出蒲草和兰花来，怎么也烧不尽。这个湖就是勺湖，蒲草和兰花也成了淮安人的骄傲。

所以我认定勺湖的蒲根比天妃宫的要好吃。倒不是我只吃得到勺湖的蒲根，而是……我不得不向读者坦白，这个故事是我根据当地的传说改编的，尽管有点俗。

蒲草可以做蒲包。蒲草收起来摊在地上，由姑娘赤脚站在一个石碌碡上来来回回地滚，挤出中间的水分，晒干后就可以做蒲包了。蒲包盛装东西有一股特殊的香味，但现代人都用上更轻巧更漂亮的盛器了。蒲草还可以做蒲鞋，穿上它踩着湿滋滋的田埂去钓鱼怎么样？蒲根，我真想念蒲根啊。

餐桌上的蒲公英

白忠懋

日本女作家壶井荣在院内种了一株蒲公英，已八年，因为喜爱它的坚强的忍耐和朴素的纯美。所谓“坚强的忍耐”，指的是它不怕践踏蹂躏一回又一回地爬起来。我也种它（实为移植），不止一株，尤爱栽老蒲公英，观赏它那有裂缺的叶子（德语国家因此形状称其为“狮齿草”）以及花梗上的黄花，等到微风起时，一颗颗种子乘“伞”升空。所以中国有它，远隔重洋的澳大利亚也有它。一位诗人说:“灵魂是一球千羽的蒲公英,一吹,便飞向四方……”我对它颇有好感，因为它是知名度最高的野草，谁都认识；也因为它有可靠的药用价值；更因为它是一味难得的野菜。

应该说，大多数野草能食用；其中一些不是已成为家蔬了吗（你能说白菜生来就是家蔬）？今后，还会有一些野草成为野菜，继而成为家蔬。木耳菜（学名落葵）就是个例子。野菜中不少因为口味欠佳而仍处于深闺人未识。我吃过两回碎米荠，它毫无苦味，与同属十字花科的青菜滋味相近，只是它的叶太碎小，采许久才能炒一碗，且叶柄不嫩，吃来有渣，就不太受欢迎。更不用说那些苦味重或有怪味的野菜了。

蒲公英早就是野菜了，但人们热衷于吃野荠、蕨菜、蒌蒿、香椿和鱼腥草，对它却十分淡漠。可法国人并不冷落它，它被称为“法国色拉”。传统的“法国色拉”系用它的嫩叶加猪油、醋及蒜茸拌成。澳大利亚人也不甘落后，他们也看中它的特殊风味，也把它视为可生食的蔬菜，做色拉吃。

我在三月上旬开始采食蒲公英：洗净，沸水中汆过，去一点苦味，捞起切细，拌入精盐、绵白糖、味精及麻油，它仍有苦味，这不必计较，因为苦也是一味，甚至是好味，吃多了，会迷恋，就像川人吃鱼腥草（川人称“侧耳根”），初吃腥臭，多吃反觉其香，以后割舍不了。

以后，我又采来蒲公英，忽然想到山东人生吃苦菜，还蘸以黄酱，便调以鲜酱油等生食，出人意料的是苦味竟消失了！我又试了一下，把蒲公英嫩叶洗净，冷开水冲一下，切细，挤上色拉酱，跟吃生菜拌色拉酱似的，那味道更令人满意。

据报道，慢性胆囊炎患者服蒲公英（干品）煎汁一个月，病情大为好转，且食欲大增。我也患此病，采食蒲公英，也有食疗的目的。

枸杞头

朱秀坤

“春天吃枸杞头，云可以清火，如北方人吃苣荬菜一样。”这是汪曾祺先生在其作品《故乡的食物》中的说法。

枸杞头，就是枸杞的嫩芽，可凉拌，可爆炒，极清香。春天的枸杞头鲜嫩，味淳，确实是一绝美野蔬，得到了不少方家的青睐，连最早的《诗经》中都有记载，“陟彼北山，言采其杞”。唐陆龟蒙尤爱枸杞头与菊花苗，著有《杞菊赋》，序言曰：“所居前后，皆树以杞菊。春苗恣肥，得以采摘，供左右杯案。”瞧瞧，陆先生爱枸杞头到了何种地步？竟将绿意盎然的枸杞头作为案头清供，朝夕赏玩，实为不俗。苏东坡也是一爱食枸杞之人，传世名篇《后杞菊赋》中说密州受灾时，时任太守的东坡居士“日与通守刘廷式循古城废圃求杞菊食之，扪腹而笑”，多么豁达的苏太守啊，都饿得前胸贴后背了，眼巴巴地觅得几棵枸杞头，还能知足地拍拍肚皮，相视而笑，老弟，今天不会受饥寒了！虽是调侃，读来却令人心酸。赋云：“人生一世，如屈伸肘。何者为贫，何者为富？何者为美，何者为陋……吾方以杞为粮，以菊为糗。春食苗，夏食叶，秋食花实而冬食根，庶几乎西河南阳之寿。”困境中的乐观之人，一年四季，自可从枸杞头中咀嚼出知足与美味，品尝出人生的富有与意义。直到后来被贬到黄州，苏东坡还在津津乐道他喜爱的枸杞：“根茎与花实，收拾无弃物，大将玄吾鬓，小则饷我客……”同样偏爱枸杞头的还有陆游：“松根茯苓味绝珍,甑中枸杞香动人。劝君下箸不领略,终作邙山一窖尘。”也就从唐宋之后，赞颂枸杞头的多了去了，以至枸杞头竟成了名菜。《红楼梦》里的宝钗和探春就专门点了这款风味小食，说要吃个油盐炒枸杞芽儿，大大方方地一掷就是五百钱，想是山珍海味吃腻了，馋枸杞头的清芬与鲜嫩，真正春天的甘美与馨香啊。

枸杞头的吃法其实简单，开水焯过，沥干，堆在白瓷盘中，淋上麻油、酱油、醋，加了胡椒末，最好撒点白糖，去其微微的苦涩，马上就有一股子清香滋味直往你鼻孔里钻，由不得你不快快地夹上一口，细细地品品，顿觉齿颊留香，再品，咂咂嘴，方知古人爱这野菜，实是不谬，那滋味美得很哪！也有清炒的，无非是油盐爆炒，刚断生，马上装盘，上桌，碧绿生青的，堆在蓝花瓷盘里，热气腾腾中，活色生香，垂涎欲滴是难免的，客气什么，赶快动手啊。纵是满汉全席，只这一款清炒枸杞头，像个伶伶俐俐的小家碧玉似的，早已夺了多少侯门绣户的大半风头，虽说不是主角，其色其香其情其态，又怎能叫人遗忘？枸杞头就有这等诱人的魅力，吃上一回，你就心甘情愿地爱上它了。

至今记得童年时，家乡的路边坡埂上多的是枸杞，坟地里尤其多。桃红柳绿的日子，家里没菜了，母亲便顺手摘上一篮枸杞头，用油盐炒了，特别下饭——痛痛快快地两碗山芋饭就下了肚。现在想想，那日子真是让人想念，为那时的好胃口。虽说清贫，吃的却是如今难得一遇的美味啊。住在城里，哪里去采枸杞头啊？这年头，越是野生的原生态的东西，越来越为人所关注和重视了，关键还是人类离真正的自然越来越遥远，而真正原始的不受环境污染的东西太稀罕了。

去年我从郊外挖了一棵枸杞，移栽在花盆里。今年，已长出了新叶，那样清嫩的绿芽，翠生生，水灵灵，正活泼泼地一个劲儿蹿芽长个，漂亮极了。有几次，我想摘了，凉拌或清炒，到底不忍下手。自家长的，就当风景欣赏吧，哪舍得吃呢？

野蔬食趣

施亮

正值清明时节，我与妻子游玉渊潭公园，瞅见路边的杂草丛中生有许多荠菜，已经开出白色花了。妻子说，她工作的亦庄医院处于郊野之中，那里也有很多荠菜，同事们时常利用午休时采撷一些，可佐为午餐。其实，古人将采挖野菜是作为初春一项纯粹的娱乐活动的。《秦中岁时记》所载："二月二日，曲江拾菜，士民极盛。"尤以南宋时代为甚，就像清明节踏青一样。

荠菜原本就是一种野蔬，它的营养价值比菠菜还高，且名称繁多，在全国各地广泛分布。虽然，南方一些地区把它移到菜地种植，自称已经将野荠菜驯化家养成功，可连菜农们也承认，家生荠菜的味道不如野蔬。我后来几次在饭馆品尝到家养荠菜，棵头整齐，碧绿肥硕，却远不如野荠菜鲜美。所以，至今荠菜这一蔬中佳品仍然只算是野生植物。

中国数千年的文史记载中，揄扬荠菜的文字屡见不鲜。早在《诗经》就有“谁谓荼苦，其甘如荠”的诗句，晋人夏侯湛也曾经作过《荠赋》，南宋诗人陆游的咏荠佳作就更多了。荠菜在儒者心目中确实有特殊地位，不仅由于它是穷苦百姓度春荒的恩物，亦是贫富皆宜的时鲜蔬品，他们的诗文还常将其拟喻为穷而有志向的人物。比如《茶余客话》记叙一桩轶事，某顾姓文人，选编了元代百家诗作刊刻出版，一时轰动文坛，求访者络绎不绝。他家贫却又好客，便采拾荠菜以待客，所以“江左有‘荠菜孟尝君’之说”。这使得荠菜有了一层清雅色彩。

我才上初中，就跟父母去湖北五七干校。起初干校无房，我与母亲随部分家属滞留在武昌县乌龙泉镇。近半年光景，我们这些孩子无事可做，到处东游西逛。乡村儿童教我们在草丛中辨识野菜，日日可拾一些荠菜、马兰头等回家。那时，干校的大食堂每日午餐和晚餐都是清水煮萝卜，这些野菜就成了佐餐的开胃妙品。我们采摘了荠菜，拿回家洗一洗，再用开水烫一烫，拌一些酱油和醋，淋少许香油，其美味清香不可言喻。以后，又用荠菜包馄饨吃，还用荠菜花炒鸡蛋，成了我们在那段特殊时期的一段极美好回忆。

我的孤寂少年时代，采摘野蔬也就成了一项重要娱乐。还记得，我们学会了分辨野荠菜的两大类，哪些是板叶荠菜，哪些是散叶荠菜，哪些可能是隔年的老叶，哪些是新生的嫩叶；还爬上野草丛生的荒坡，走到河滩水塘边，游荡于狭窄的田埂上，可寻觅采摘到很多野蔬。野生荠菜采完，又去挑拣马兰头、紫云英，虽然棵头不整，老嫩间杂，长短不齐，时常把杂草也夹在其中，并有不少泥沙，但是，这都是我们的劳动成果。放到饭桌上，马兰头、紫云英不如荠菜鲜美，也另有一番野蔬的特别清香。我们狼吞虎咽，嚼着这些野菜比吃鱼肉还香。以后，我又回到城市，家人也偶尔从农民手里买到这些野蔬，再吃起来，舌底的味觉就不对了，远不及少年时。有人说，可能那不是真正的野菜。我其实心中明白，“食趣”是要与“拾趣”相结合的，若无“拾趣”，“食趣”便降低了许多，也就难以尽得其趣了。由于这些野蔬不是自己采摘的，缺少了劳作后那一份欣喜和满足，口味也就因之大减。

中国是韭菜的原产地之一。早在《尚书》中，已经有夏代的农人在菜园种植韭菜的记载。到了汉代，人们已经掌握了温室育韭菜的技术。所以在中国，很难说韭菜也是野蔬了，而是家常四季的常蔬了。1996年初春，我与妻子在法国的凡尔赛城住了三月。妻子服务学习的医院，恰好在凡尔赛宫旁。每日黄昏，我们夫妻去凡尔赛宫散步，妻子发现山坡上许多野韭菜和杂草混生在一起，叶子肥厚宽大，几乎比国内韭菜宽一倍。我俩为这个意外发现而兴奋。星期日，我们叫来了一群中国留学生，在那山坡上采摘了很多野韭菜，又到超市买了牛肉和面粉，聚在一处包了一顿饺子。记得，同楼的一位法国妇女奇怪地瞧我们切野韭菜，可能是诧异这些中国人怎么会竟然揪来草叶子吃。法国人在欧洲向来是以美食闻名的，他们却未必知道韭菜亦是一道美味菜肴。

不过，应该承认，我们那回吃到的法国野韭菜的滋味，的确比起国内产的家常韭菜要辛香鲜嫩多了，野蔬的滋味必定是要胜于常蔬的。

编后记

刘茁松

南京博物院金实秋先生，像搜集文物一样积累了一批写萝卜白菜之类蔬菜散文，这批文物存放多年之后，经南京作家王慧骐兄的介绍，终于落到我手里。浏览之中，时有惊喜。于是细加选择，略加归类，取了《蔬食记忆》的书名，成为“生活美学馆”丛书的一名新来的馆员，想各有所爱的读者们也会有喜欢的吧？

通过一批文人的文字来感受中国文化的食物之情，同时增进我们某个方面的生活知识，乃至增添我们某种生活情趣，甚至得到某些言外的意味、象外的意境，也不算奢望吧？